DU MÊME AUTEUR

Aux Éditions Gallimard

BOYS, BOYS, BOYS, 2005 (« Folio » nº 4571).

DU BRUIT, 2007 (« Folio » nº 4837).

14 FEMMES. Pour un féminisme pragmatique (ouvrage collectif de Gaëlle Bantegnie, Yamina Benahmed Daho, Joy Sorman, Stéphanie Vincent), 2007.

GROS ŒUVRE, 2009.

PARIS GARE DU NORD, L'Arbalète Gallimard, 2011.

COMME UNE BÊTE, 2012 (« Folio » nº 5698).

Chez d'autres éditeurs

FEMMES ET SPORT. Regards sur les athlètes, les supportrices et les autres (ouvrage collectif, codirigé avec Maylis de Kerangal), Hélium, 2009.

PARCE QUE ÇA NOUS PLAÎT. L'invention de la jeunesse (avec François Bégaudeau), Larousse, 2010.

L'INHABITABLE (avec Éric Lapierre), Éditions Alternatives, 2011.

LIT NATIONAL (avec Frédéric Lecloux), Le bec en l'air, 2013.

LA PEAU DE L'OURS

JOY SORMAN

LA PEAU DE L'OURS

roman

nrf

GALLIMARD

PROLOGUE

Un pacte avait été conclu entre l'ours et les villageois.

Un accord si ancien que son origine se perdait, qu'il semblait avoir été passé pour l'éternité, sédimenté à jamais dans la roche de la grotte : la paix régnerait entre l'ours et les habitants du hameau aussi longtemps que la bête n'approcherait pas les enfants. Les hommes s'engageaient à ne chasser aucun ours tant que celui-ci se tiendrait à bonne distance.

L'histoire rapporte qu'une fois seulement un animal rompit le pacte — et sa punition, exemplaire, édifia tous les prédateurs des forêts et montagnes alentour.

L'ours s'était approché en lisière du village et peut-être voulant jouer avait fauché d'un coup de patte mal ajusté un garçon de sept ans qui se trouvait là, accroupi au bord du chemin à empiler des cailloux. L'enfant était mort sur le coup, la nuque arrachée par les griffes acérées et la puissance phénoménale de l'animal qui, pardonnez-lui, ne sait pas ce qu'il fait, mais on ne le lui pardonna pas, coupable moins d'avoir tué que de s'être approché trop près.

Il y avait eu attaque, il y aurait des mesures de rétorsion.

Après la veillée et les funérailles de l'enfant, on se rassemble, on se recueille, on prie tout autant qu'on s'échauffe les esprits. Sous les encouragements et les harangues des villageois, les guerriers se préparent au combat contre l'ours : simulations de joutes et exercices physiques, cheveux couverts de graisse et peau noircie de terre, on se frappe la poitrine, on sacrifie une poule pour implorer l'aide des dieux et la clémence du ciel.

Puis les hommes se regroupent sur la place centrale, armés de lances et de cors qu'ils font sonner avec vigueur afin d'annoncer les représailles — on ne prendra pas l'animal en traître — et de prévenir l'ensemble de la communauté ursine qu'une chasse se prépare, que le coupable au pelage souillé de sang frais et juvénile sera traqué sans relâche.

La battue dura deux jours et deux nuits, durant lesquels ils ne s'accordèrent aucun repos si ce n'est de rapides bivouacs pour avaler un peu de maïs et de viande séchée, et l'ours fut repéré, encerclé, tué — une douzaine d'hommes le poignardant maintes fois pour en venir à bout — et ramené dans une carriole tirée par deux chasseurs.

La lente procession traversa le village, les femmes vêtues de leurs habits de fête en peau de chèvre et couvertes de bijoux tapaient des mains et dansaient au passage du cortège puis, s'approchant, crachaient sur la dépouille ensanglantée après avoir mâché des feuilles de laurier amer.

Enfin la bête est dépecée aux yeux de tous, les enfants mâles sont invités à plonger leurs mains dans les entrailles de l'ours et à se barbouiller le visage de sang et de viscères en signe de virilité précoce.

De sa viande, molle, huileuse et sans saveur, on ne fit pas grand-chose : seules les délicieuses pattes avant, rôties, furent partagées par les anciens du village — espérant ainsi assimiler un peu de la santé extraordinaire de l'animal —, le reste fut balancé aux chiens qui n'en voulurent pas et l'abandonnèrent aux cochons que rien ne dégoûte, que rien n'indispose, et qui se ruèrent sans hésitation sur cette chair fade.

De sa graisse les femmes du village firent quelques remèdes qu'on stocka dans des jarres de terre cuite en prévision d'épidémies à venir : onguent pour soulager les paupières enflées, apaiser abcès et enflures, guérir toutes sortes de maladies de peau, pommade à appliquer par mouvements circulaires afin de soigner les ulcères, les maux de reins et les oreillons, baume pour faire repousser les cheveux. On fit provision également de quelques touffes de poils aux vertus prophylactiques.

L'homme le plus déprimé du village eut droit au cœur, et l'épileptique aux testicules.

De sa bile on filtra une boisson énergétique que les vierges burent à tour de rôle dans une coupe d'argent ciselé, afin de se prémunir de la peste.

Sa tête fut enterrée à l'extérieur du village, sous un chêne.

De sa peau on fit un trophée, une parure sauvage. Soigneusement découpé au moment du dépeçage, lavé, tanné et lustré, le costume chamanique rejoignit le trésor de guerre, conservé dans un coffre à la serrure ornée de diamants.

Après cet épisode violent, les ours se tinrent tranquilles, à bonne distance des villages, et chaque année la communauté humaine ne manquait pas de leur rappeler le châtiment qu'ils auraient à subir en cas de trahison : le premier jour du printemps, un homme dans la force de l'âge se glissait à l'intérieur de la peau de l'ours.

Il parcourait alors les rues, annoncé par le tintement des clochettes cousues sur la peau de l'animal et par la mélodie macabre de son collier d'ossements et de dents — chacun de ses pas étant ainsi souligné d'un avertissement sonore. L'homme, d'abord lâché tel un fauve à l'entrée du village, dansait au son du tambourin, invoquant les éléments, se lançait dans une parade favorable aux récoltes, à la fertilité du blé comme des femmes. Puis, poursuivant sa virée erratique, se jetait sur les passants accourus pour l'admirer, et enfin pénétrait en furie dans toutes les maisons, en chassait les démons à grands gestes et piétinait les malades alités afin de les délivrer de la douleur et de la fièvre. À la nuit tombée, l'homme cessait de vociférer, quittait la peau, s'en extirpait harassé pour prendre un bain puis se désaltérer de quelques bières à la myrtille, tandis que le vêtement magique, une relique, était à nouveau placé au coffre jusqu'au printemps suivant.

Cette coutume rythma le passage des saisons pendant un siècle au moins, temps de paix entre l'ours et les villageois. Mais à nouveau le pacte fut rompu.

*

Le contrat interdisant aux ours de s'approcher des enfants avait été étendu aux jeunes filles, leur attirance réciproque, depuis longtemps suspectée et redoutée par les hommes, mettant en péril la survie de la communauté, le maintien de l'ordre et la bonne moralité des femmes, dont il ne faut pas exciter le désir.

Malgré ces précautions, un ours et une femme se croisèrent et cela dégénéra. Une fois encore les hommes durent abattre un ours, le plus noble et le plus courageux des animaux, réactivant une guerre que pourtant personne ne désirait — car c'est toujours la mort dans l'âme qu'on s'en prend au souverain des montagnes.

La plus belle fille du village se nomme Suzanne, elle a dix-sept ans, porcelaine aux yeux gris, aux cheveux doux comme de la loutre, elle est la cadette du paysan le plus aimé de la communauté. Tous veulent l'épouser mais Suzanne ne regarde personne, se consacre aux travaux de broderie, aux tâches ingrates de la ferme et surtout au troupeau de brebis qu'elle conduit paître dans les hauteurs dès que les renoncules et la gentiane fleurissent.

C'est bientôt l'été et à l'aube Suzanne s'en va mener

ses bêtes, empruntant les chemins escarpés et sinueux, les sentiers rocailleux qu'elle connaît par cœur maintenant, qu'elle grimpe les yeux fermés, suivie par ses cinquante agneaux de lait, une procession adorable et agile — et bien sûr elle chantonne, vêtue d'un tablier de gros drap de lin et couverte d'un chapeau de paille. Après une heure de marche, le soleil tape et l'éblouit, elle plisse ses yeux qui sont deux fentes métalliques, ses pommettes prennent feu, la sueur se dépose aux tempes comme une gaze, le pouls s'accélère, Suzanne à cet instant est particulièrement appétissante, miraculeuse même, et la nature s'y met aussi, flamboyante de couleurs, pleine de bourdonnements, celui des guêpes, et du cri rauque des corneilles.

Voilà ce qui rend Suzanne rayonnante, la solitude partagée avec ses agneaux, l'air plus vif quand on prend de l'altitude, une journée de marche et peut-être de méditation, ou à se rouler dans l'herbe, le déjeuner de pain noir et de fruits glissé dans la poche avant du tablier, et le soir redescendre vers le village, à l'heure où les foyers s'allument, courir les derniers cent mètres pour échapper à la nuit et aux hululements des chouettes.

Mais un soir Suzanne ne rentre pas.

On attend un peu, on s'inquiète, de plus en plus, et à minuit on décide d'entamer les recherches, le père et quelques hommes munis de lances, de fusils et de lanternes : rien. Le lendemain matin : rien non plus. Le surlendemain : chou blanc. Les recherches restent vaines, le mystère s'épaissit. Suzanne n'a pas été attaquée par un loup puisqu'on retrouve l'intégralité du troupeau indemne, pas le moindre agneau dévoré ou même blessé. L'hypothèse lupine écartée, où est passée Suzanne ? Enfuie avec un amant ? Personne n'y croit. Fugue adolescente ? Pas le genre. Rôdeur, détrousseur ? Peu crédible.

Le père de Suzanne tente en vain de trouver quelque indice dans les yeux des agneaux puis prend en grippe ce troupeau maudit qu'il laisse livré à lui-même dans la bergerie — les pauvres bêtes finissent par mourir de faim et de déshydratation.

Si Suzanne n'est pas rentrée ce soir-là c'est qu'elle a rencontré l'ours.

Un ours brun de près de trois mètres, un lutteur trapu et massif, un monstre de robustesse : un torse, un dos, des pectoraux extraordinairement développés qui lui permettent de porter des charges plus lourdes que lui, de déplacer des blocs de pierre, de briser des troncs d'arbres et de tuer un homme d'un seul coup de griffe. Une nuque épaisse et musculeuse qui porte une tête ronde, si petite par rapport à son buste, des oreilles duveteuses et courtes, un mufle allongé, une truffe d'un noir mat, des yeux enfoncés et rapprochés. Mais une gueule redoutable, des muscles masticateurs et temporaux puissants, des incisives comme des pinces, des canines aiguisées en forme de poignard pour lacérer et déchirer ses proies, des molaires pour broyer.

Voilà la bête qui se présente devant Suzanne, s'avançant d'un pas feutré, tête basse et gueule entrouverte, l'ours que rien n'effraie, résistant à toutes les intempéries du corps et du ciel — fatigue, neige, vent et foudre glissent sur son pelage dense, d'un brun soyeux parcouru de reflets mauves.

L'ours a humé les effluves des agneaux et capté leurs pas à plus de deux cents mètres, torsion du nez, oreilles qui pivotent, il a marché placidement jusqu'à la colonie.

C'est d'abord une ombre immense qui s'abat sur la silhouette gracile de Suzanne déjeunant sur un rocher plat, une ombre glaçante qui masque le soleil et pétrifie la nature. L'ours de trois cents kilos s'est approché sans bruit, léger comme une plume. Suzanne a senti le froid, a senti l'obscurité, puis l'a entendu toussoter et souffler, a relevé la tête et a vu la bête dressée sur ses pattes arrière, lèvre supérieure décollée, son regard à bout portant, ses yeux étincelants, ronds comme des billes, fichés dans les siens, d'abord incrédule puis prise d'une panique qui n'a pas le temps de s'épancher, de se muer en cri, alors que l'ours négligeant le troupeau s'empare de Suzanne, la saisit à la taille puis la jette sur son épaule avant de prendre la fuite quand personne ne le poursuit : parcourant deux mille mètres à une vitesse de cinquante kilomètres heure, l'ours atteint son refuge en un peu plus de deux minutes.

La grotte de l'ours, tanière nichée à flanc de montagne, est une cavité fraîche et profonde, au sol argileux maculé d'empreintes, aux parois constellées de touffes de poils — l'ours s'y frotte chaque matin pour faire sa toilette — et de griffures profondes, scarifications de la roche qui attirent d'abord l'attention de Suzanne, raidie par la peur, mains bleuies aux doigts rétractés, cernes cendrés, joues creusées, teint poussiéreux, le printemps a déserté son corps, siphonné d'un coup par la terreur, bouche sèche comme le foin, haleine de rat crevé, cœur coulé dans l'œsophage qui tambourine à vide, tous ses membres tétanisés, la pupille dilatée par l'obscurité et une seule pensée — je vais mourir.

L'ours pose Suzanne à terre, immobile et mutique, avec d'infinies précautions, la déshabille lentement, dégrafant son corsage de ses griffes habiles, ôtant ses sabots, dénouant sa tresse, puis la viole en position du missionnaire.

Suzanne serre les poings, ferme les yeux, s'absente de sa propre existence, il n'y a rien d'autre à faire. Suzanne s'évanouit, l'ours halète encore quelques minutes au-dessus d'elle, veillant cependant à ne pas l'écraser de tout son poids, les mouvements de son bassin soulèvent la proie comme un fétu de paille, un pantin de chiffon, il râle, se laisse tomber sur le côté puis entreprend de ranimer Suzanne en léchant tout son corps avec la vigueur de sa grosse langue râpeuse, de la plante des pieds au front, parcelle de chair après parcelle de chair, il la réchauffe en soufflant sur son ventre, la retourne pour caresser son dos, renifle sa nuque, masse ses doigts, Suzanne s'extrait lentement de son coma, l'ours lui aménage une couche de lichen et de bruyères au fond de l'antre puis la porte jusqu'à son lit.

Il la veille toute la nuit et la retiendra prisonnière pendant trois ans, la violant régulièrement.

De sa captivité Suzanne ne dit quasiment rien quand elle fut délivrée. Voilà ce qu'on apprit cependant : chaque matin l'ours quitte la caverne, laissant Suzanne à l'intérieur après avoir obstrué l'entrée en faisant rouler un immense rocher. La jeune fille n'a aucune possibilité de s'enfuir et les rares moments de retour à la lumière ont lieu sous la surveillance de l'ours qui la tient fermement entre ses pattes et ne la pose jamais à terre.

Tout le jour, l'ours vaque à ses activités de chasse : se hissant à la cime d'un noisetier pour l'étriller, épluchant l'écorce du tronc pour lécher larves et cloportes, soulevant de gros blocs rocheux afin d'engloutir fourmis, limaces ou campagnols, traînant un cadavre de vache jusqu'à la grotte, déterrant des tubercules, prélevant du bout des lèvres de fragiles graminées, happant champignons et baies. Il descend parfois jusqu'au village afin de voler du pain et des vêtements pour sa captive. Il n'est jamais repéré. À la nuit tombée, il rejoint Suzanne avec son butin, Suzanne séquestrée dont on ne sut jamais exactement ce qu'elle faisait de ses journées passées dans la noirceur et l'humidité de la roche.

Trois ans avaient passé et tout espoir de retrouver Suzanne était perdu.

Un matin cependant, par un hasard d'autant plus grand que les arbres sont rares à proximité de la grotte, un bûcheron s'aventure dans les parages et entend les cris d'une femme. Suzanne, qui a pris l'habitude de crier quatre ou cinq fois par jour par séquences de quelques minutes, autant pour garder sa voix et un peu d'énergie que pour attirer l'attention d'un hypothétique promeneur, crie cette fois au bon moment. Le bûcheron répond à ce cri, crie à son tour et, guidé par la voix de Suzanne, avance jusqu'à l'entrée de la grotte où il tente en vain de déplacer l'énorme rocher. Il promet de revenir au plus vite avec des renforts, Suzanne le supplie d'être de retour avant le crépuscule. Le sauvetage a lieu le jour même grâce à dix bûcherons munis de cordes qui parviennent à déplacer de quelques dizaines de centimètres le rocher, et Suzanne se glisse hors du piège.

Le spectacle qui s'offre alors est stupéfiant : une femme, sauvage, voûtée, nue mais chaussée de sabots, couverte d'une épaisse croûte de boue, comme un manteau terrestre qui aurait sédimenté à même sa peau, à la chevelure abondante et entortillée autour de ses bras, de sa taille, de ses jambes et jusqu'aux chevilles, des mains écorchées aux ongles longs et recourbés, un regard d'acier sur un visage pigmenté par le granit, dégageant une odeur de fruits pourris et de sève.

Elle est silencieuse, hésitante, avance vers les chasseurs en boitant, à tâtons, aveuglée et exsangue, une larme au coin de l'œil qui ne se décide pas à perler, un mot qui ne vient pas, les lèvres qui tremblent, elle avance encore et les hommes sidérés découvrent alors qu'à ses côtés se tient sur ses jambes un enfant, se tient sur ses pattes un enfant-ours, mi-homme mi-bête, au visage rose, poupin et lisse — des pommettes, un nez et des yeux d'ange cerclés d'une fourrure légère comme de la mousse —, petit garçon dodu et voûté, musclé et épais, couvert de poils aux reflets roux, qui saisit la main de sa mère et gémit.

Suzanne s'adresse enfin aux bûcherons d'une voix heurtée : combien de temps pour rentrer au village ? Un chasseur ôte son manteau de peau et aide Suzanne à l'enfiler, un autre prend l'enfant-ours sur ses épaules, ils se mettent en route, graves et solennels, leur silence parfois troublé par le babil mélancolique du petit. Ils serpentent ainsi dans la montagne et se présentent aux portes du village deux heures plus tard alors qu'il fait déjà nuit et que l'ours a dû constater la disparition de sa prisonnière.

Quand Suzanne et son enfant se présentent à la porte de la ferme familiale, escortés par les bûcherons, l'accueil n'est pas aussi chaleureux qu'espéré. Suzanne, apathique, crasseuse, effrayante, a perdu ses bonnes manières, sa joie de vivre, une partie de sa beauté et de son élocution, et l'enfant est un monstre sur lequel on n'ose même pas poser le regard. La famille ne leur propose pas de prendre un bain, le père n'offre même pas un quignon de pain et, repoussant violemment Suzanne de sa canne, il sort en hâte de la maison, court alerter le curé et le médecin : une folle ? une possédée ? une sorcière ?

Une folle doublée d'une sorcière qui a couché avec un ours, une créature du diable enchaînée à ses instincts les plus vils, une déréglée sexuelle qui copule avec les bêtes et pervertit la marche du monde. Une tarée, c'est ainsi que la regardent tous les villageois qui la lapideraient bien si le curé ne la traînait pas sur la place centrale afin de procéder à un exorcisme public ; la foulant au pied, il ânonne des formules secrètes, la fouette avec des branches de pin et de houx, brûle son sexe au tison, et Suzanne, inerte à nouveau, gît sans un mot sans un geste, tandis que l'enfant-ours se cache les yeux et que l'excitation de la foule grandit. Dans l'obscurité, juste éclairée par les torches des spectateurs accourus en nombre, tirés de leur lit par la rumeur, personne, pas même les chasseurs sauveteurs ralliés à la haine collective, ne prend en pitié le petit garçon velu qui reste seul, à l'écart, perdu.

La mère et son fils sont jetés dans une étable jusqu'au lever du jour et, le lendemain, un tribunal hâtif, présidé par le curé exorciste, décide du sort de Suzanne — envoyée au couvent pour le reste de ses jours, libérée pour être enfermée une seconde fois. Nul besoin de recourir à la force pour la faire monter dans la carriole qui doit l'emmener chez les sœurs, Suzanne a renoncé à tout, à la vie, à son fils qu'on lui ôte de bras qui déjà ne le portent plus. L'enfant-ours sanglote en pure perte, sans provoquer la moindre réaction chez sa mère — petit homme sans avenir, drôle de bête qui pleure dans le vide.

Suzanne bannie, l'ours descend chaque nuit de la montagne rugir aux portes du village, réclamer sa femme et crier son désespoir. On entend jusqu'au fond des remises son souffle guttural, ses claquements de langue rageurs. Les villageois embusqués finissent par l'abattre, et cette mise à mort est le deuxième avertissement adressé par la communauté des hommes à celle des ours.

De moi on ne sait que faire, on n'a pas le cœur de me tuer, le tribunal ne prononce aucune sentence à mon égard, alors on me garde quelque temps au presbytère où je passe mes journées allongé dans un petit lit à barreaux à fixer le plafond constellé de moisissures, avec pour seule distraction la visite quotidienne d'une paysanne revêche qui me nourrit de pots de crème.

Puis on me vend à un montreur d'ours, le premier qui passe dans le village, un de ces hommes qui, du début du printemps à la fin de l'automne, sillonne la région pour exhiber l'animal déchu, ravalé au rang de bête de foire.

Celui qui m'achète est un homme d'une quarantaine d'années vêtu d'un costume poussiéreux et coiffé d'un large béret élimé qui ne cache pas tout à fait son front, haut et proéminent, au centre duquel est tatoué un cafard. Il se présente au village sur une roulotte tirée par un percheron et munie d'une plate-forme arrière sur laquelle trône une immense caisse à claire-voie. On m'y fait grimper sous la menace d'un fouet, je m'exécute de bonne grâce, heureux d'échapper à leurs mains menaçantes, à leur brutalité, joyeux même d'être accueilli par ce voyageur qui semble me porter de l'intérêt, qui pose sa main sur le haut de mon crâne et sans crainte soulève de son pouce noir ma lèvre supérieure afin d'inspecter ma dentition. S'enquérant de mon origine et apprenant l'incroyable et cruelle histoire, le montreur d'ours ne manifeste aucune réticence à acquérir un être mi-homme mi-bête, bien au contraire il se félicite de cette bonne affaire — j'attirerai les foules.

Nous nous installons sur un terrain à la sortie du village, il s'agit d'abord de m'éduquer, de me former, de prendre le temps nécessaire à mon apprentissage avant de repartir. Mais mon talent et mes aptitudes au dressage se révèlent immédiatement, je réponds aux ordres de mon maître, à ses moindres intonations comme si chacune de ses paroles était déjà imprimée en moi, apprise d'instinct dans une vie antérieure, elles sonnent à mon oreille avec évidence, stimulations musculaires qui actionnent mon corps, et en quelques jours je sais réaliser la totalité des tours du répertoire. Le montreur n'a jamais vu de telles facilités, il semblerait que j'ai ça dans le sang, le spectacle dans la peau, la soumission au cœur, je n'ai pas besoin d'être dompté pour obéir, je m'exécute avec une facilité déconcertante, je comprends instantanément qu'il faut sauter, rouler, danser, saluer, en quelques jours je suis rodé, la tournée peut commencer, nous prenons la route.

Mais les réactions de nos premiers spectateurs ne sont pas encourageantes : décontenancés, souvent incommodés par mon apparence louche, ils se montrent méfiants. Certains clament haut et fort que je suis en réalité un enfant déguisé, ils crient alors à la manipulation ou s'offusquent qu'on traite ainsi un pauvre petit, d'autres affirment que je suis un ourson dont la face aurait été tondue, et quelques-uns, effarés, préfèrent ne pas savoir et s'enfuient. Une femme propose de m'adopter, de me prendre sous son toit, mais pas de m'acheter alors mon maître refuse, me remballe et continue son chemin.

Le montreur d'ours qui pensait faire fortune avec son gentil monstre commence à regretter son achat et j'échappe de peu à un nouvel abandon. Je ne dois mon salut qu'à sa ferme intention de rentabiliser son investissement et à une brusque accélération hormonale. En quelques mois l'adorable ourson que j'étais se transforme en bête, la douceur étrange de mon visage s'évanouit, son rose tendre s'assombrit, de longs poils élargissent mes joues, mon nez s'allonge, s'épaissit et s'humidifie, ma bouche noircit et s'arque vers le haut, une fourrure épaisse cache maintenant la forme de mes bras potelés, mon arrière-train et mon ventre enflent, mon encolure forcit, je grandis, je ne suis déjà plus un enfant, une métamorphose subite et je deviens ours, dressé, montré, enchaîné, un ours pour les hommes.

Commence alors une existence itinérante qui durera quatre années, une errance ponctuée de haltes sur les places de village et les marchés, à jouer inlassablement les mêmes tours et les mêmes facéties.

Maintenant que j'ai mué, que toute ambivalence a quitté mon corps, que mon apparence s'est stabilisée, des attroupements joyeux se forment à chacun de nos passages, les spectateurs se rallient à la cause du dresseur et de sa bête, des cercles se forment dès que retentit la cloche du montreur d'ours. Désormais l'oursalier me tient fermement asservi et pour les besoins du spectacle il met en scène ma ferrade. On me ligote, on me perce le nez au fer rouge pour me poser un anneau qu'on relie à une chaîne puis je dois enfiler une muselière en lames de fer et ainsi affublé je me transforme en prédateur, maté par le dresseur au péril de sa vie. Chaque mois, pour accuser encore ma férocité, il me lime dents et griffes en public — à cette occasion un malade est invité à s'asseoir sur mon dos afin de se fortifier.

Le montreur d'ours, sensible aux attentes du public et aux représentations communes, exige que je me montre à la fois pataud, agile et féroce. Ainsi, chaque jour, je reproduis le même rituel : j'apparais tenu en laisse, je salue, rugis en montrant les crocs, exécute une série de culbutes, simule un combat de boxe contre mon maître, je joue de l'accordéon puis me dandine au son du tambourin, rejoins en dansant la ronde des bateleurs qui nous accompagnent parfois, je marche sur les mains en tournant sur moi-même, je finis ma prestation par une courbette théâtrale, tends mon chapeau dans lequel le public jette quelques pièces. Et quand un spectateur crie que l'ours danse ! alors je danse.

La plupart applaudissent, certains crachent de satisfaction, mais peut-être que parmi eux se tient un homme qui me reproche d'avoir abdiqué, que ma faiblesse et ma soumission révoltent. Le montreur raconte qu'il avait corrigé au bâton un ours pour avoir mal dansé lors d'un carnaval ; le soir même il surprit l'animal s'entraînant seul au clair de lune. Pour mon salut, je suis bon danseur et au fil de notre périple je progresse encore, gagnant en force et en adresse, improvisant de nouvelles galipettes, des sauts de chat et des pas de bourrée.

Mais à mesure que le souvenir de l'enfant velu s'éloigne en moi la mélancolie gagne, c'est le sentiment acide d'une disparition, d'un destin escamoté, comme si l'épaisseur de mes poils avait définitivement recouvert la possibilité de vivre ma vie. Pourtant je me laisse conduire par mon maître de place en place — et où irais-je ? —, il me soigne, me nourrit, ne me maltraite que très occasionnellement, si je m'approche trop près d'un enfant.

N'étant plus un homme je suis une bête et devenu bête c'est l'exil qui m'est promis. Dans la forêt et les montagnes les bêtes tolèrent parfois les hommes, le plus souvent les fuient, s'envolent, détalent, et rares sont celles qui se tiennent immobiles ou passent, indifférentes. Dans la forêt et les montagnes nulle bête ne se déplace hors de son territoire car la bête est son propre pays et les hommes n'y pénètrent qu'en intrus, avec méfiance. Mais redescendus des montagnes et sortis de la forêt, le monde s'inverse, et ici-bas ce sont les hommes qui décident de fuir ou de venir à nous. Ici seuls les chiens sont voués à me craindre, ils grognent, sensibles à l'odeur menaçante que dégage ma présence. Les chiens et les pères peut-être, tenant à distance leurs filles téméraires qui voudraient m'approcher — notre désir mutuel jamais tout à fait cautérisé.

Je les vois qui se pressent sur la place du village quand la foire est annoncée, elles accourent les premières, avides et gaies, pleines de rire et d'excitation, les épouses et les sœurs jamais revenues de cette découverte, de cette surprise, que les ours existent, si sensibles au surgissement des ours dans leurs vies et sur leurs terres, sidérées par leur présence, par la manifestation puissante de ces corps massifs et chatoyants.

Voyez mes larges pattes comme elles sont trompeuses, habiles, précises, elles me permettent de dépecer le poisson ou, de l'extrémité de mes longues griffes, de cueillir des framboises que j'offre aux jeunes filles.

Je ne compris que bien plus tard dans ma vie de captif quelle avait été la déchéance de l'ours. J'appris l'histoire ancienne et glorieuse de mes ancêtres alors que la soumission et la défaite avaient déjà paralysé mon cœur. Comment aurais-je pu concevoir une telle renommée alors qu'autour de moi on s'esclaffe ou qu'on me jette des pierres ? Comment imaginer, encagé, que je suis de sang royal ? Comment savoir qu'avant d'être détrôné par le lion, l'ours était le grand fauve, le premier des animaux, redouté et vénéré, qu'avant d'être diabolisé il siégeait aux côtés de l'aigle et de l'éléphant au panthéon des bêtes, qu'avant de rejoindre la plèbe animale, le vulgaire gibier, de devenir pensionnaire de zoo ou de cirque, l'ours était le dieu des guerriers, fondateur de dynasties princières, que le roi du Danemark lui-même descendait de l'ours, comment savoir que mon obésité, aujourd'hui moquée comme une preuve flagrante de ma paresse et de ma bêtise, était autrefois gage de beauté ? Je suis venu trop tard dans un monde trop humain.

J'aurais pu être le trésor d'un seigneur, l'emblème vivant d'une ménagerie royale, la pièce maîtresse d'une collection composée de félins, d'oiseaux exotiques et de quelques koalas, le cadeau prestigieux envoyé par Marie de Hongrie au roi, ou même le compagnon d'un empereur romain qui m'aurait fait coucher chaque nuit au pied de son lit pour veiller sur lui, le protéger des conspirateurs qui s'introduisent quand tout est endormi, puis qui m'aurait lâché dans l'arène et m'aurait acclamé, encouragé à déchiqueter sous son regard vengeur les condamnés à mort livrés démunis et sanglotant. Sans doute l'empereur romain aurait-il fini par me dévorer aussi, servi braisé à la table d'une orgie, après m'avoir fait combattre, pour son seul divertissement, un lion et un tigre qui m'auraient arraché la moitié du ventre — mais quelle existence de gloire j'aurais alors connue !

L'ours fut l'ami et le confident des puissants. Destitué, il vécut en bonne intelligence avec les hommes. Et aujourd'hui je suis le réprouvé.

La sauvagerie et la voracité des bêtes faisaient leur grandeur, mon père ne fut que cruel et violent, alors de quoi suis-je l'héritier ?

Le curé m'a condamné et ils ont tous suivi. Il a banni ma mère, non plus victime mais coupable d'une union diabolique, et il n'a vu en moi que le fruit d'une sexualité monstrueuse.

J'ai imaginé retrouver ce curé, le tuer puis parader dans sa soutane maculée de sang, je me suis rêvé ours, celui qui peuple la montagne immense, qui hante la forêt, noire et dense comme une nuit sans lune, mais en moi la vengeance a reflué, la lassitude a vitrifié chaque recoin de mon cœur.

Nous avons traversé des collines et des vallées, la grêle et des étés aveuglants, parcouru en roulotte et parfois à pied les chemins les plus hostiles, fait halte dans tous les villages qui se trouvaient sur notre passage, récolté toujours de quoi vivre et continuer la route, je n'ai jamais été malade ni blessé, je me suis nourri sans rechigner de fruits, de graines et de lapins écorchés, nous ne nous sommes pas disputés, nous formions un duo efficace, un bon attelage, un monde.

Nous avons connu le succès, très peu de déconvenues, nous avons cohabité à l'arrière de la roulotte — dresseur aimable et taciturne, sans attaches, sans famille, sans joie ni peine, et ours talentueux, docile et secret.

Puis nos pas nous ont menés jusqu'aux portes de la grande ville, au bout de la plus longue route pierreuse que nous ayons empruntée pendant ces années de battage.

Une grande foire est annoncée et nombre de montreurs d'animaux et de cracheurs de feu s'agglomèrent devant l'enceinte — chacun doit s'acquitter d'un droit de péage avant de pénétrer dans la ville qui turbine, promesse de fortune et de plaisirs. Une longue file disciplinée s'est formée, on prend sa place sous les injonctions des gardes, dans un tapage de cris de bêtes et de dompteurs, de cuivres et d'instruments en tout genre, d'éclats de voix et de rires sonores, d'orgues de Barbarie et de claquements de langue. Des dizaines d'artistes et de forains patientent ainsi, rêvant au succès, comptant leurs sous, se jaugeant du coin de l'œil, somnolant debout accablés de chaleur et de fatigue, piétinant d'impatience, caressant leurs animaux assoiffés, esquissant quelques pas de danse ou de gymnastique pour tuer le temps, lançant des invectives à des destinataires invisibles, parfois rebroussant chemin en maudissant le ciel — cohorte disparate d'hommes et de bêtes qui se pressent aux portes de la ville comme à celles du paradis, communauté dispersée et enfin réunie, ayant convergé des quatre coins du pays.

Nous nous glissons dans la file, derrière une jeune fille en jupon entourée de lièvres qui battent frénétiquement la caisse. Ils s'activent autour de leur maîtresse indifférente, vêtus de culottes bouffantes satinées et de redingotes mauves, frappant sur de petits tambours. Leur tintamarre plaît aux gardes, amusés et attendris, qui exemptent alors la fille de droit de péage et annoncent à la cantonade que tous ceux qui feront exécuter un bon tour à leur animal seront également dispensés de taxe. Effervescence, nuage de poussière et de sécrétions, on sort les bêtes de leurs cages, on raccourcit les laisses, on agite les chaînes. Celui qui se contente de faire parler son perroquet ou jongler son singe est refoulé et doit payer, le charmeur de serpent qui fait dessiner à son boa les vingt-six lettres de l'alphabet passe de justesse.

Le dresseur n'a pas besoin de se tourner vers moi ou même d'émettre le moindre son pour que j'improvise un numéro d'équilibriste sur une boule que je vais moi-même chercher dans la roulotte. D'abord sur deux pattes, puis sur une, je la fais rouler de plus en plus vite avant de terminer par un salto avant : nous entrons dans la ville sous les applaudissements des gardes et les feulements jaloux des forains.

Les portes s'ouvrent et je découvre un nouveau monde, humain, bruyant et démesuré, que je ne soupçonnais pas, si différent des paisibles villages que nous avons visités, un monde augmenté, une projection accélérée du temps et de l'espace. Sous un ciel devenu blanc et lourd, dans un air frelaté, embaumé de charbon, de graisse et de sueur, une foule énorme, compacte, en mouvement perpétuel, qui se déplace par vagues dans un sens puis dans l'autre, des cris, ceux des vendeurs, des bonimenteurs, de simples passants qui s'alpaguent, de l'eau sale, du sang et des ordures qui dévalent les rues en minuscules torrents et dans lesquels traînent les robes souillées des femmes, des échoppes de bouchers qui débitent d'imposants quartiers de viande sous la menace de grosses mouches vertes, des marchands de fruits et de fleurs, des étals de poissons luisants aux pupilles miroir, des chevaux fous sans cavalier, des vaches qui déambulent, des enfants hilares par grappes, des hommes en armes, une succession de maisons basses aux façades de granit noircies, un sol de galets irréguliers couverts d'une mélasse gluante, des bousculades et des injures, des engins roulants qui forcent le passage, un entrelacs de rues qui débouchent sur une succession de petites places, et que nous empruntons.

Notre roulotte circule mal dans ce chaos, ballotté à l'arrière, je suis dissimulé par une bâche, protégé des curieux et de la folie des lieux, mais à travers une déchirure mes yeux se frayent un chemin et bien que nauséeux, abasourdi par la violence de la scène, poils dressés et truffe brûlante, je veux voir, voir à quoi ressemble cette masse bouillonnante, je m'écorche les pupilles pour attraper par une fente des morceaux de cette foule, ce vacarme d'hommes et d'animaux, et tout au bout le ciel, une toile sans profondeur, vers lequel je tords le cou pour reprendre mon souffle.

Mais à l'extrémité de la ville que nous atteignons enfin alors que la voie se dégage et s'élargit c'est un nouveau paysage qui s'ouvre et c'est un nouveau choc — moiteur de l'air qui décélère, ciel qui s'éclaircit autant qu'il s'épaissit, chant des mouettes, vent léger qui fraye jusqu'à mes naseaux sensibles, parfum iodé et épicé, effluves de vase, sons qui réverbèrent, mon pouls qui ralentit, ma fourrure douce à nouveau. Je découvre la mer, une ligne acier, festonnée de vagues molles et d'écume, je découvre la mer qui est une forêt bleue, déracinée, une forêt horizontale aux cimes couchées.

La ville puis la mer en un seul jour — sens et perspectives affolés, et l'immédiate nécessité de s'adapter.

La roulotte s'arrête sur le port, mon maître ôte la bâche, me laisse stupéfait face à l'eau et entre dans une taverne pour se restaurer.

Je ne quitte plus la mer des yeux, piquée ici et là de barques et de vaisseaux, de longs filets de pêches et de bancs de poissons qui affleurent, le soleil décline et enflamme l'espace, autour de moi les commerçants démontent leurs étals et plient leurs tentes, on remballe la marchandise, on vide des seaux, le port se dépeuple, ne restent que quelques cabanes de tôles et de planches, quelques caisses abandonnées, des badauds face au coucher de soleil, une femme qui lave les pavés à grande eau. En suspension dans l'air l'ivresse des transactions du jour, du troc et des fortunes faites, l'écho des adieux envoyés depuis le quai aux bateaux partis pour des destinations incertaines, la frénésie du débarquement de denrées et de voyageurs venus de loin. Peu à peu l'excitation retombe, les odeurs poivrées se dissipent, je découvre un horizon élargi aux dimensions incommensurables du ciel. Le souvenir de cette arrivée face à l'océan, de ce brusque changement de milieu, de ce vertige, de ce tendre dérèglement de l'air et de mes sensations, reste en moi comme une entaille. La mer après la grotte, la forêt, les routes de montagne et de vallée, la mer au bout de la ville, comme une fin ou une renaissance.

Au même moment, dans cette taverne où s'est réfugié mon maître, un marché est conclu autour d'un bock de bière et d'un plat de sardines grillées : je suis vendu à un entrepreneur en combat d'animaux, un homme d'affaires, un négociant pas un bateleur. Je ne sais pas si le montreur d'ours a prémédité cette transaction mais il semble qu'en ville le commerce soit rapide et facile et qu'avec une poignée de main virile on gagne autant de monnaie que celle accumulée sur les routes pendant quatre ans.

Il n'y aura ni adieux ni explications. Quelques heures plus tard c'est mon nouveau propriétaire qui vient seul à ma rencontre, un homme en costume à l'air parfaitement neutre, à la silhouette insignifiante, un corps atone sur lequel je ne détecte aucun signal, aucune odeur saillante. Il me détaille en silence d'un air satisfait. Assis en tailleur dans ma cage, je regarde ailleurs, mon cou pivotant dans une torsion exagérée, je tâche de me tenir à distance de toute émotion alors que mon cœur bat à m'en fendre la poitrine — c'est la perspective de l'inconnu, mais l'inconnu est-ce cet homme ou l'océan ?

Le lendemain je suis mené, muselé et enchaîné, à travers les rues de cette ville toujours aussi brouillonne, par un homme au physique de bourreau, glabre et épais. Il me semble qu'il prend mille détours pour que la promenade soit sans fin, que nous n'atteignions jamais notre but ; nous tournons en rond, repassant plusieurs fois aux mêmes carrefours. Le bourreau fait durer le plaisir, celui de me montrer à la foule qui, sur mon passage, produit toujours ces mêmes cris d'étonnement et d'admiration, ces mêmes sifflements et ces mêmes interpellations suscitant en moi, selon les jours et mon humeur, peur, fierté, indifférence ou excitation — mes émotions peinent à se fixer.

Ce nouveau maître se contente de me faire avancer sur les pattes postérieures, ne me demande d'exécuter aucun tour, même pas une révérence aux dames, un grognement feint à l'attention des enfants, non, juste marcher vers une destination inconnue, tenter de fendre cette masse survoltée qui m'entoure, me serre de trop près, m'étouffe, une marée humaine que ma présence semble aimanter.

Je reçois une pierre à l'arrière de la tête et vois aussitôt détaler un jeune garçon, je sens le bout d'une canne s'enfoncer furtivement entre mes côtes, une botte écrase mon pied, un soldat me bouscule puis une femme vêtue d'une robe éclatante se jette sur moi en hurlant — ours, sauve-moi, emmène-moi avec toi, loin très loin sinon ils m'attraperont me tueront. Le bourreau la repousse violemment avant qu'elle ait pu m'étreindre, elle s'effondre dans la poussière, personne ne la relève, nous continuons notre chemin, j'entends maintenant des applaudissements dans mon dos, et puis des : regarde, regarde, je sens des mains qui se tendent dans notre direction, le fracas de la rue enfle, bourdonne, ma tête comme une poche qu'on remplit d'eau, ma tête qui gonfle sous l'effet du bruit, une cohue redoublée par ma présence dans ces rues.

Nous arrivons enfin au terme de cette parade hystérique dans la ville, sur une immense place, dégagée et venteuse, au centre de laquelle se dresse un théâtre de bois équipé de gradins qui plongent sur une piste sableuse : l'arène.

Ici tout est gigantesque, sonore et aveuglant. Du théâtre s'élève la clameur d'une foule chauffée à blanc, qui frappe le plancher en cadence, piétine d'impatience, un public que j'imagine bave aux lèvres dont s'échappent des effluves qui se mêlent aux sucs ambrés des animaux — bovins, félins, porcs —, les palissades du théâtre tremblent, la foule déchaînée résonne plus fort, l'air se charge de violence, un acide en suspension, une bombe prête à exploser, un éclair d'appréhension me contracte, vision de sang et de chair, je marque l'arrêt, le bourreau tire d'un coup sec sur ma chaîne, tu as peur l'ours ? et il rit, d'un rire de pierre alors je me remets en marche et nous pénétrons dans l'enceinte tragique.

Ce matin on ne m'a pas nourri, sans doute pour exciter ma férocité, cette férocité laissée derrière moi comme une ancienne peau, parfois jouée pour les besoins du métier, une férocité dont il ne subsiste que l'expression amoindrie, dégénérée, un peu de fiel. Toute férocité éteinte il me reste la force, puissance vidée de cruauté, privée d'instinct de mort, la force pour le spectacle, cette force qui m'encombre.

On m'installe dans une cellule sous les gradins qui donne directement sur la piste. Le public chante à l'unisson pour réclamer le début des combats.

Surgissent alors, comme tirés par des canons, un lion et un taureau, et j'assiste paralysé au premier combat : sans hésitation, sans même prendre la peine de se jauger, d'envisager l'arène dans laquelle on les a jetés, ils se ruent l'un sur l'autre, se heurtent à pleine vitesse, front contre front, et la corne du taureau s'enfonce dans l'orbite du lion. La bête désormais aveugle rugit d'horreur, son œil saute comme un ressort, sa mâchoire se referme sur l'encolure de son adversaire, un geyser de sang vient se mêler au sable en une boue écarlate, les bêtes roulent maintenant à terre agrafées l'une à l'autre, leurs corps unis, recouverts d'une même poussière, agités de spasmes. Le taureau gît sur le dos, se balançant de droite à gauche, tandis que le lion borgne est sur lui. D'un coup de croc il sectionne une patte arrière qui se détache comme une branche morte, le taureau se débat furieusement, meugle, se cabre au sol, leurs corps forment une masse indistincte à nouveau, robes noires et claires qui se frottent comme du papier de verre, luisantes de sueur et de bile, crinière fauve mouchetée de sang, d'épaisses touffes de poils jonchent l'arène, la croupe du taureau est maintenant scarifiée par les griffes, l'animal souffle comme une tempête, ses naseaux expirent une vapeur brûlante puis, montagne de muscles et de nerfs, de désespoir et de souffrance, il se relève, encouragé par les hurlements du public, alors que le lion est encore accroché à sa viande. Les deux bêtes finissent par se dégager dans une ruade commune et, prenant appui sur ses pattes avant, en équilibre précaire sur son unique patte arrière, d'un dernier mouvement de tête profond et ample, de la terre vers le ciel, le taureau éventre enfin le lion sur toute la longueur de son abdomen, avant de se coucher sur le flanc, exsangue, peut-être mort lui aussi. Sur ses cornes se sont enroulées des guirlandes de viscères et d'intestins, son corps tout entier, parcouru de convulsions, comme frappé par la foudre, est couvert d'une couche de terre et de lymphe — je n'avais jamais vu une telle expression de violence et de rage.

Le taureau est déclaré gagnant, hissé sur un chariot par une dizaine d'hommes puis évacué sous les hourras survoltés du public. Un rayon de soleil pétrifie une nuée rouge qui volette au-dessus de la piste, je la regarde ébloui et apeuré, c'est mon tour. On ouvre la cage, je me suis couché sur le dos pour tenter de les dissuader mais on m'oblige à me redresser, on me pousse vers l'arène avec une lance, j'avance de quelques pas, la foule me réclame, crie mon nom. Face à moi, à l'autre bout de la piste, deux sangliers exaspérés grattent le sol. Leurs yeux jaunes furieux me transpercent — je ne me battrai pas. Je sens que j'ai le courage de résister, de refuser car je ne veux pas mourir, obéir aux hommes me garantit de rester en vie, jusqu'à un certain point et ce point est atteint alors je m'assois au bord de l'arène avec le plus grand calme, le public siffle et m'encourage, m'insulte. La nervosité des sangliers grandit, ils se sont avancés au centre et maintenant tournent sur eux-mêmes pour calmer leur fièvre. Je ne réagis pas, sûr de mon fait, je n'ai plus peur, je n'irai pas, des gradins on me lance des projectiles, chaussures, pommes, bouteilles qui viennent se briser loin de moi. Les sangliers ne se décident pas à attaquer, tournent toujours en grognant, je reste impassible, je ne me battrai pas, je ne sais pas et je ne veux pas, les spectateurs n'en auront pas pour leur argent, je dois sauver ma peau.

On vient dans mon dos, je sens la pointe d'une lance s'enfoncer derrière mon oreille, s'il faut vraiment en finir je préfère mourir ainsi transpercé qu'éviscéré par des cochons sauvages. Il faudra de l'énergie au soldat pour passer à travers l'épaisse couche de poils et de muscle qui me protège, il faudra sans doute s'y mettre à deux et pousser fort. Je sens la pointe tourner autour de mon cou, glisser vers le sommet de mon crâne, caresser mes joues puis renoncer.

Les sangliers avancent vers moi sans précipitation, résignés devant l'inconséquence de leur rival, ils me reniflent à distance, puis l'un d'eux tente une approche, me mord à la cuisse sans conviction, je l'envoie valdinguer d'un coup de patte, il glisse sur plusieurs mètres, vient rebondir sur son compagnon, pivote sur le dos comme une toupie avant de s'immobiliser dans la poussière. Ébauches d'applaudissements dans les gradins mais je ne changerai pas d'avis et le sanglier l'a compris qui reprend sa place. Le sanglier est maintenant mon complice, il n'affrontera pas un adversaire réticent car les animaux ont le sens de la loyauté et du spectacle. Malgré les hurlements du public, les remboursez ! et les menaces de mort des gardiens, nous ne bougeons plus, têtes baissées, inertes et désengagés, transformés en chatons domestiques.

Celui qui a abdiqué tout goût du sang est un ingrat, même pas digne d'être abattu en guise de représailles, le bourreau me remet en cage sans violence, avec un air dépité et incrédule, et avant que le public n'ait le temps d'exprimer plus franchement sa déception, avant que l'ambiance ne retombe, un tigre et trois chevaux font leur apparition, poussés précipitamment dans l'arène pour assurer la suite de la représentation.

Quelques heures plus tard, l'organisateur de combats d'animaux me revend sur le port à un négociant missionné pour remplir la cale d'un navire — je vais connaître l'océan moi qui n'ai nulle part où aller, qui ne sais plus ni les forêts ni les montagnes.

Nous avons retraversé la ville, en un éclair ma chaîne est passée de la main familière du bourreau à une nouvelle main, j'ai vu transiter quelques billets accompagnés d'une accolade et d'un bon courage peut-être ironique, on m'a tendu des biscuits et un seau d'eau, on m'a rapidement inspecté, soulevé une fois encore la lèvre supérieure à l'aide d'une longue tige de métal, fait lever les pattes et rouler sur le dos, puis on m'a déclaré apte, j'allais marcher sur l'eau, laisser la terre derrière moi, acculé par une nouvelle décision arbitraire des hommes, une nouvelle impulsion de cette force qui semble me conduire au hasard dans l'immensité du monde.

Redressé sur mes pattes arrière pour emprunter la passerelle qui mène au bateau, je marche d'un pas arrogant, le moins bestial possible, de mon pas de plantigrade énigmatique. Le matelot chargé de mon embarquement donne du lest à ma chaîne, je pose mon pied sur le pont et soudain je vacille, me ventouse instantanément au bois, surpris par une drôle de sensation qui s'épanche comme un liquide salé, le tangage, les particules iodées, la houle paresseuse, vertige, léger haut-le-cœur et sentiment étrange de liberté, mes naseaux se dilatent, ma vie va changer j'en suis sûr, je marque un temps d'arrêt, inspire, puis la voix du matelot accompagnée d'un léger coup de bâton m'intime d'emprunter l'échelle qui se trouve à mes pieds, je m'exécute, je descends maintenant dans l'imposante cale sombre où est entreposée la cargaison dont je fais désormais partie — je suis une marchandise.

Mes yeux ont besoin de quelques secondes pour s'adapter à l'obscurité, mon museau me guide dans les dédales de la soute, j'avance à tâtons entre les sacs de toile de jute et les coffres. J'aperçois les silhouettes de trois vaches dont j'apprendrai qu'elles sont laitières et destinées à nourrir les autres bêtes pendant le voyage. Des montagnes de nourriture envahissent l'espace — tonnes de bananes, centaines de kilos de cannes à sucre et de choux verts, dizaines de bottes de foin, son et avoine en quantité, miches de pain grosses comme des poutres, de quoi nous alimenter pendant des semaines. M'enfonçant dans les entrailles du bateau, je découvre encore d'innombrables caisses de victuailles qui s'entassent aux côtés des malles d'épices, de laques et de bois rare, d'oiseaux en cage, multicolores, aux apparences extravagantes, un magot de denrées et d'êtres exotiques. Une forte odeur de vernis et d'excréments tapisse la cale, un poison délicieux flotte dans l'air. C'est alors que progressant toujours dans la pénombre, je découvre, dans le recoin le plus fétide de la cale, un hippopotame à la peau ardoise.

Arrivé là après avoir été chassé par un explorateur puis revendu à un négociant au terme d'une pénible épopée. Son histoire est celle de la plupart des bêtes stockées sur ce navire, arrachées à leur pays natal pour être expédiées à l'autre bout du monde. Moi qui croyais avoir connu le sort le plus cruel qu'on puisse imaginer, j'apprendrai ici d'autres drames animaux.

L'homme qui capture le jeune hippopotame au bord d'un fleuve commence par abattre la totalité de son groupe afin de le prélever plus facilement. Surpris par les tirs de carabine, l'animal n'a pas le temps de prendre la mesure de la situation, sent la pointe d'une flèche empoisonnée se ficher dans son cou et sombre instantanément sous l'effet du somnifère. Sorti de sa léthargie quelques heures plus tard, l'hippopotame se retrouve pattes ligotées, yeux bandés, emballé sur un brancard porté par deux dromadaires, sous un soleil de plomb, disque jaune pâle aux contours aveuglants.

Devant lui, une longue caravane d'animaux serpente dans la savane brûlée : deux autres dromadaires qui charrient l'eau de sa baignoire dans laquelle on le trempe tous les soirs, à chaque bivouac, pendant les trois semaines de leur périple, trois lionceaux et un troupeau de chèvres destiné à leur allaitement et sans doute à finir en viande pour le tigre, une dizaine d'autres fauves dont une grande partie tombe malade ou se blesse en route et finit abandonnée dans le désert, et enfin, escortant la procession, fouettant les animaux sans ménagement, des hommes en armes et gilets à poches, la démarche envasée, abrutis de chaleur, les mollets griffés par le tapis d'herbes rêches, pressés d'en finir et d'empocher leurs gains qui se révéleront misérables au regard de la souffrance endurée ; des mois à cuire dans la touffeur irradiante de ce pays de mort, de bêtes assoiffées de sang et de serpents venimeux — l'un est mort piqué par un mamba noir, un autre est dévoré dans son sommeil par un lion, un dernier enfin est amputé du pied gauche après que l'hippopotame lui est tombé dessus.

De leur précieux butin il ne reste que la moitié, qu'il faut se partager plein de remords et de détestation, de leur santé fragile il ne reste également qu'une moitié — estomacs malmenés, peau en lambeaux, insolations, déshydratations, pieds cloqués, parasites et bactéries infiltrés dans les plis de leurs intestins, fatigue extrême, yeux secs et déprime. Ils se sont juré qu'on ne les y reprendrait plus, que c'était leur dernière expédition, que la richesse ne mérite pas tous les sacrifices et que surtout elle reste incertaine.

Et l'hippopotame est arrivé miraculeusement jusqu'à nous, ballotté sur des milliers de kilomètres et nourri de manière anarchique — trop de viande, pas assez de graminées —, jusqu'à ce bateau devenu refuge d'animaux importés des pays les plus reculés et désormais promis à un destin commun qui nous échappe encore.

Avant que le navire prenne la mer nous restons quelque temps à quai, pour charger la totalité des vivres, monter les dernières cages, recruter des soigneurs et des gardiens pour les bêtes, qui affluent, s'entassent chaque jour un peu plus dans la soute, juste sous mes pieds — il me semble que le bateau débordera bientôt d'animaux. Mais pour moi ce sont des jours heureux : tandis que l'équipage s'affaire, je flâne sur le pont, la vie me semble douce et sans contraintes, l'air est d'une tiédeur parfaite, la houle légère du port apaise ma mélancolie, on me nourrit grassement de fruits, de châtaignes et de poissons fumés, on n'exige rien de moi, on ne s'inquiète même pas que je m'échappe ou que je fasse des dégâts à bord; un ours qui divague ils n'ont pas l'air de s'en étonner.

Mais un matin clair nous levons l'ancre, et alors que le bateau quitte le port sous les encouragements de ceux restés à terre j'imagine les joies de la navigation, une vie d'aventure dans les hauteurs de l'océan. En réalité je comprends vite que la mer n'est pas cet horizon serein que j'admirais couché sur le pont du navire, la mer n'est pas faite pour nous, l'ambiance pacifiée et insouciante qui régnait au port vire rapidement au cauchemar, la situation se retourne, mon paradis devient un enfer alors que les côtes disparaissent derrière nous, que la mer mouvante et incertaine, paysage réduit à une plaine d'eau sans fin, envahit tout l'espace — nous ne reconnaissons plus rien.

Dès les premières heures du voyage, le bateau tangue, le clapotis furtif devient un ample mouvement de l'eau sous la coque, le monde perd toute stabilité, l'air forme des tourbillons imprévisibles et le mal de mer ne tarde pas à gagner les bêtes les unes après les autres, la traversée s'annonce éprouvante, nous n'avons pas le pied marin, je pressens une catastrophe et me demande déjà quelle sera son ampleur : je vomis les quelques baies qui ont constitué mon repas du matin puis une bile de plus en plus grise, l'éléphant se couche, sa trompe battant furieusement le pont, les singes, enfermés dans des cages à la soute, se jettent contre les barreaux en couinant, les lamas sifflent et montrent les dents, l'hippopotame ne bouge plus, statufié, yeux exorbités, et en quelques minutes les matelots ne savent plus où donner de la tête, il faut nettoyer tout ce que nous recrachons et tenter d'apaiser les animaux par des paroles inaudibles et sans effet. Nous ne serons bientôt plus qu'une cargaison de bêtes colonisées par l'effroi, condamnées à vivre ensemble dans la pire promiscuité pendant d'interminables semaines de navigation, dans une cacophonie monstrueuse et permanente faite de chants d'oiseaux déglingués et de vagissements désespérés.

J'ai la chance de pouvoir toujours circuler librement entre le pont, où sont entreposées les plus grosses bêtes, et la soute où l'odeur de safran et de bois est maintenant couverte par celle des orangs-outans, des perroquets qui défèquent et des antilopes ; les matelots qui s'y aventurent trop longtemps sont eux aussi pris de nausées, de maux de tête et d'étourdissements provoqués autant par la violence des parfums animaux que par celle des beuglements continus. Ils pataugent dans les déjections, subissent continuellement la stridence des cris, attrapent poux, tiques et puces, se grattent jusqu'au sang à en perdre la raison — aucun onguent préparé par le médecin de bord ne les apaise. Seuls les soigneurs tiennent le coup et tentent tant bien que mal d'assurer un minimum de confort aux bêtes en les aspergeant d'eau salée, en désinfectant les plaies provoquées par leur agitation frénétique et les mutilations qu'ils s'infligent.

Là-haut, où leur sort n'est pas plus enviable, les cages ont envahi le pont, collées les unes aux autres dans un alignement approximatif, les fauves s'éborgnent à travers les barreaux, les macaques, encagés à trois ou quatre, se battent, parfois s'entre-tuent. Tous les animaux sont finalement victimes de blessures ou de mauvais traitements infligés par des marins ombrageux et frustrés.

L'atmosphère à bord est déplorable, mais le plus dur nous attend. Je tâche de me tenir en dehors de tout ça, désormais retiré à l'arrière du pont dans l'isolement de mon espèce, m'habituant peu à peu au mal de mer, aux odeurs néfastes et persistantes, échappant à la rudesse des hommes qui voient peut-être en moi un frère et à ce titre me laissent en paix, ou bien un dangereux rival et à ce titre ne m'approchent pas.

La moitié des bêtes mourra pendant la traversée, l'autre moitié arrivera à destination épuisée et amaigrie, je serai le seul à en sortir indemne, préservé par ma santé de fer et mon régime omnivore. L'océan qui m'avait tant fait espérer se révélera bien plus hostile et imprévisible que toutes les forêts.

Une nuit est particulièrement désastreuse, une nuit de tempête qui engloutit de nombreux animaux et tue sur le coup un soigneur, écrasé par un cheval qu'une vague immense soulève comme une botte de paille. Une nuit dont je me souviens avec tant de clarté qu'il me semble la revivre chaque fois que le temps vire à l'orage.

D'abord la mer qui se tait, l'air qui se fige, le ciel de midi qui vire au vert sombre puis à un noir de lave, la nuit qui tombe d'un coup, rideau de mort, un immense voile s'abat sur la totalité de l'horizon, la vigie frissonne en haut du mât, aperçoit un arc électrique au bout de sa longue-vue et donne l'alerte — tout a sombré dans l'obscurité et des crevasses d'eau s'ouvrent devant nous. Le vent se réveille, un géant surgi des fonds marins, il s'emballe, la mer grossit et se fend, les nuages gris crèvent en cascade, traumatisée par le tonnerre et les éclairs une chèvre met bas avant l'heure, son nouveau-né est aussitôt emporté par une vague, on allume les lanternes de détresse, on replie la voilure, une grande partie de l'équipage court s'abriter, abandonnant la cargaison animale, ballottée, laissée à découvert sur le pont, épouvantée par le bruit assourdissant, les hurlements de la tornade. Quelques minutes plus tard la coque se soulève une première fois, des vagues immenses s'écrasent sur le pont fauchant les bêtes, puis ce sont des creux de quinze mètres, béances insondables dans lesquelles tombent les vaches, seule la tête de mât émerge encore, le bateau se dresse à la verticale, planté dans la mer comme une banderille, escalade une vague phénoménale, replonge de l'autre côté, se rétablit avant de disparaître à nouveau dans le gosier de l'océan. La mer est une chaîne de montagnes qu'il faut franchir, le navire une coquille de noix, arche de Noé à l'avenir compromis.

Je me suis réfugié en rampant à l'avant du bateau, puis ligoté avec un cordage relié à une poulie pour ne pas être éjecté par une déferlante. Roulé en boule, je sens l'orage glisser sur mes flancs, les paquets d'eau ne transpercent pas ma fourrure mais leur poids me plaque au sol, la foudre brûle ma queue, mon nez intercepte l'odeur acide de la panique qu'exsude tout l'équipage, je me demande si l'apocalypse est arrivée jusqu'à nous qui pourtant sommes innocents, je n'imaginais pas que la nature puisse produire de tels débordements, bêtes et hommes qui valdinguent, le fracas du vent masque les cris de terreur — feulements qui me parviennent étouffés —, les cages se brisent laissant échapper les animaux qui se retrouvent projetés les uns contre les autres, la tempête s'acharne, ils ripent sur le pont à la verticale, leurs griffes n'adhèrent plus, le bois se lacère d'entailles profondes et désespérées, la cargaison tout entière a perdu l'équilibre et les hommes ont déserté. Les bêtes meurent, seules, assommées, étouffées, noyées, ou de peur, et même la girafe passe par-dessus bord tête la première après s'être étranglée avec la drisse de grand-voile, aspirée en quelques secondes par un trou noir.

Puis la tempête reflue aussi soudainement qu'elle est venue, les hommes d'équipage réapparaissent petit à petit, teint verdâtre, dépenaillés, égratignés, hagards devant ce spectacle de désolation, les dépouilles qui jonchent le pont. On les jette à l'eau sans ménagement ni cérémonie, on fait l'inventaire des pertes et des dégâts, on débouche les dernières bouteilles de whisky pour retrouver ses esprits et désinfecter les plaies des bêtes qui ont survécu, certains matelots pleins de compassion enlacent la tête d'un animal, la bercent doucement en sifflant une comptine ou une chanson à boire, autant pour apaiser l'animal qu'eux-mêmes — l'un d'eux est blessé, griffé à la gorge par un lionceau qui se débat, affolé par cette tendresse malvenue, et le matelot se met à pleurer, de dégoût, de tristesse.

Au vacarme du ciel a succédé un silence de plomb qui engourdit l'océan, le bateau et tous ses passagers, l'eau est fixe et trouble comme du sirop, pas un souffle d'air, ciel d'un bleu morne et désespérant, hypnotique, on manquera bientôt d'eau et de vivres, les matelots sont éreintés, les bêtes apathiques, il se pourrait que personne n'arrive en vie de l'autre côté de la mer. Je ne quitte plus l'avant du bateau où je m'étais réfugié, le regard coulé sur l'horizon, espérant qu'un morceau de continent surgisse, une délivrance quelconque, qu'on en finisse en tout cas.

Trois jours plus tard, un air marin souffle enfin, la surface de l'eau se remet en mouvement, des nuages blancs pigmentent le ciel et les bêtes s'agitent, nerveuses et impatientes, des coups de sabot sur le pont, des corps pelés qui viennent se frotter au mât, des têtes qui cherchent et reniflent, des spasmes le long des crinières, les premières odeurs de végétation et de charbon parviennent à nos mufles sensibles, et dès le lendemain le cri de joie de la vigie, terre en vue, les hourras de l'équipage qui se jette au cou des bêtes sans force. Au loin on aperçoit maintenant des rubans de fumée, des navires qui se croisent et accostent, un paysage à la végétation rase, une nature de bosquets épars d'un vert aux reflets pétrole, une succession de longs bâtiments aux toits plats, on devine à nouveau l'activité intense des ports, êtres humains qui s'affairent, flux de consommation et de troc.

La moitié de la cargaison animale est perdue, les sacs de safran et de gingembre ont pris l'eau, la laque est gondolée, mais on a sauvé quelques marchandises précieuses — poivre et teck — qui sont aussitôt déballées et mises aux enchères sur le port où se presse une foule prompte au négoce, essentiellement composée d'hommes en costumes clairs ombrés de sueur, qui vocifèrent des litanies de chiffres, échangent des signes de main et chargent des ballots sur des voitures à bras.

Je suis débarqué à part en compagnie des autres bêtes qui tiennent encore sur leurs pattes : joie de retrouver le sol, étourdissement, mal de terre, après un mois de traversée nous sommes des rescapés. Ayant renoncé à toute compréhension du sort qui nous est réservé, sidérés d'être en vie, on nous mène par des laisses, des chaînes, des rênes, nous titubons jusqu'à un immense hangar au sol terreux, aux murs blanchis à la chaux, rempli de cages de toutes tailles et arpenté par des hommes en tabliers de cuir qui parlent une langue différente de ce côté-ci de la mer.

On nous place en quarantaine. Alignés dans nos cages, abrutis et somnolant tout le jour, nous reprenons peu à peu des forces, on me nourrit deux fois par jour d'escargots et de poulets rôtis, on prélève quelques gouttes de mon sang chaque matin, on me scrute le fond de l'œil, on m'arrache une touffe de poils derrière l'oreille, je m'abandonne dans une odeur délicieuse de paille fraîche, je suis si fatigué que la perspective de passer le reste de ma vie à dormir au chaud dans cette cage me paraît envisageable et même désirable. Seuls troublent mon repos les cris des bêtes encore apeurées par le souvenir de la traversée, que plus rien ne saurait tranquilliser, ni nourriture, ni soins, ni paroles, ni même sans doute nature.

Quelques semaines après notre arrivée, nous recevons la visite d'un homme en costume noir. Il s'arrête devant chaque cage, inspecte méthodiquement l'animal qui s'y trouve et désigne parfois du bout de sa canne, sans un mot, la bête qui sera alors immédiatement étiquetée en vue d'un nouveau voyage, qu'on espère terrestre.

Arrivé à ma hauteur, il s'arrête plus longuement, m'observe avec attention, tente de me rendre ce regard opaque qui le trouble je le sens. Cet homme ne me dit rien qui vaille et je suis lassé de passer de main en main, rester dans cette cage me convient, attendre patiemment que les jours se succèdent, je ne veux plus d'histoires, je me méfie des voyages insensés que me font faire les hommes.

Je le regarde il me regarde et cela dure, aucun de nous deux n'entend baisser les yeux, cet homme me défie et je me demande ce qu'il voit de moi, sans doute un simple agrégat de chair et de poils, une bête qu'il juge rentable, rien d'autre ne se dépose à la surface de ses yeux vitreux, sans nuances et sans éclat, ses pupilles privées de reflets glissent sur la surface du monde et mon pelage.

Mais s'il n'a pas la vue perçante et aiguisée il a les mots et l'homme me nomme en même temps qu'il me montre du doigt, ours !

Je le détaille maintenant, chaque partie de son corps, je le découpe en séquences — les boutons de nacre qui ornent ses guêtres et des flocons de peau sèche sur les épaules de sa veste. Cet homme que je perçois comme une menace ranime en moi des élans d'hostilité, une rancœur ensevelie, réveille la bête. Ma fourrure se hérisse, je tends l'oreille, le son émis par ses gargouillements digestifs et son pouls saccadé se métamorphose en cristal sur mon tympan, limpide et affûté, les syllabes qu'il chuchote dans un marmonnement intérieur se faufilent jusqu'à moi, pulsations d'insecte, j'entends le sang couler comme un ruisseau dans ses veines, la salive qu'il déglutit discrètement, ses dents qui grincent, je le capte tout entier, aussi clairement que le bruit des vers à bois dévorant une souche et le pas des coccinelles — je revis, je me méfie. Maintenant l'homme parle, il s'adresse au vétérinaire, l'interroge sans doute sur mon état de santé et mon alimentation, ma docilité et mes aptitudes, je l'inspire et l'expire à mesure que les mots s'échappent de sa bouche, un homme transformé en gouttes, nuage dans mes poumons, poudre dans mes naseaux, son odeur d'eau de Cologne, de poussière et de cuir d'abord, puis ses intonations écorchées en fin de phrase, le léger voile qui couvre son palais, son larynx frémissant, je suis sur mes gardes.

Il dit ours, répète ours, mais ne perçoit toujours rien du parfum subtil de ma graisse. Il dit ours et ne décode pas mes yeux attentifs qu'il prend pour un simple miroir réfléchissant alors que c'est un miroir sans tain et que je me tiens derrière. Je voudrais lui crier que je le vois, que si on ouvrait ma cage il perdrait sa belle assurance, qu'entre nous il y a un fossé qu'il ne se soucie pas de combler ou de franchir, un fossé infesté de crotales et d'alligators, que j'ai vu passer sur son visage une ride d'effroi, une ombre, une incertitude, qu'il balaye d'un mot, ours encore.

Je me tiens à distance, mon silence me protège, il ne saurait m'atteindre, bête illisible alors qu'il voudrait tout connaître et tout déchiffrer — hiéroglyphes et braiments —, qu'il s'imagine partout chez lui. Mais je lui résiste, il ne me dépouillera pas, et à cet instant il me semble que je rayonne enfin quand lui, vulnérable, mauvaise mine, l'ombre de lui-même, ne sait que répéter mon nom, ours encore. Je suis une bête qui se tient face à un homme arrogant et pâle aux sens atrophiés, je suis l'ours derrière ces barreaux qui nous séparent, et ce corps d'homme sans protection, rien sur le dos, ni poils ni écailles ni plumes ni piquants ni carapace ni même cuir un peu épais, ce corps livré, solitaire, impotent, m'inspire alors autant de rage que de pitié.

Il a dit ours, il a dit qu'il me voulait, qu'il m'achetait. Il a tenté de m'atteindre avec sa canne, j'ai bondi dans le fond de la cage sans le quitter des yeux. Il a dit qu'il allait m'emmener.

Le soir même nous sommes quelques-uns à quitter le dépôt sanitaire pour une destination inconnue.

La rébellion a une fois de plus déserté mon corps, fièvre qui décélère, colère évanouie à l'instant où l'homme disparaît de mon champ de perception, son existence brumeuse immédiatement dissipée.

Les gardiens, claudiquant sous le poids des trousseaux fixés à la ceinture, viennent nous délivrer — la longue clé, la serrure au cliquetis aigu, la piqûre anesthésiante qui nous ôte toute volonté sans nous endormir, l'immense chaîne qui nous relie tels des bagnards, l'éléphant, le rhinocéros, des singes, des lions, des bandicoots à pieds de cochon, et moi, en file indienne, entravés aux pattes, avançant péniblement au rythme de nos cadences désaccordées, procession aberrante de bêtes à ras du sol ou immenses, imberbes ou poilues, sur quatre ou deux pattes, les uns trébuchant, les autres tirant violemment sur leur chaîne, d'autres encore se faisant traîner dans la poussière par de plus forts et de plus imposants qu'eux — mais nous sommes tous des condamnés.

Coincé derrière un minuscule bandicoot à qui on a passé la chaîne autour de l'abdomen et dont les imperceptibles cris de panique m'agacent comme un moustique près de l'oreille, je marche en queue de ce cortège anarchique. Les coups de fouet des gardiens nous maintiennent dans le rang et nous traversons ainsi la ville jusqu'à l'entrée d'une prairie bosselée, occupée par un campement de roulottes silencieux et désert. On nous fait coucher dans l'herbe, l'air est chaud et lourd, nous passons la nuit à la belle étoile, toujours attachés les uns aux autres — chaîne de l'évolution chaotique qu'il faudrait remettre dans le bon ordre —, sous la surveillance des gardiens qui luttent contre le sommeil en allumant des feux.

Nous sommes réveillés quelques heures plus tard par leurs cris autoritaires, des seaux d'eau sur la tête, des coups de canne dans les flancs. Derrière nous les roulottes sont attelées, prêtes à prendre la route, des hommes et des femmes ont surgi sur le campement pendant la nuit, habillés de couleurs vives, ils nous entourent, nous regardent avec bonté, je leur trouve un air de fête et d'impatience. Je me souviens du montreur d'ours, des saltimbanques de la grande ville, ils leur ressemblent.

Alors on nous désentrave et nous sommes prêts à partir, je vais à nouveau changer de terre et de vie, les hommes ne nous laisseront donc jamais en paix, ils ne songent qu'à nous déplacer, nous acheter et nous vendre, nous charger et nous décharger. Mais eux que fuient-ils ? La guerre, la peste, la ruine ? Ils ont l'air si pressés de partir — leurs peaux hâlées et épaisses, leurs cheveux longs et poussiéreux, leurs paupières lourdes. Ont-ils bouclé leurs malles à la va-vite alors que le ciel s'assombrissait, rattrapés par des dettes ou de vieilles querelles ? À moins qu'éternels vagabonds ils soient incapables de se fixer, de s'installer. Ou qu'ils aient pris la route poussés par une lassitude devenue trop vive, parce que rien ne les retenait et alors à quoi bon rester.

Les singes et les lions sont mis en cage et hissés sur des charrettes, les autres chemineront à pied, tenus en laisse par ces forains en habits brodés et bottes blanches. Une fanfare ferme la procession juchée sur une plate-forme mobile. La caravane se met en branle : dix roulottes tirées par des chevaux, des chariots de nourriture, les voitures des animaux. Les hommes ont l'air heureux de cheminer avec nous et j'imagine alors que nous sommes leurs seuls amis, leur seule richesse, que nos pas nous mèneront cette fois-ci vers des pays de gaieté et d'or — il me semble que les hommes ne recherchent jamais rien d'autre que cette fortune, et que pour cela ils ont besoin d'être secondés par les bêtes.

Le voyage se révèle bien vite pénible, le souvenir de la traversée en mer revient me hanter et nous avançons sous un ciel étouffant, chargé d'humidité, depuis quelques heures seulement mais cela me semble des jours, nos pas soulèvent des nuages de poussière qui brûlent les yeux, les musiciens — visages écarlates, costumes déjà trempés de sueur — soufflent sans discontinuer dans leurs cuivres, je prends la tête de la troupe, mené par une jeune fille en fuseau satiné qui de la main droite tient fermement ma chaîne et de la gauche agite un long ruban de soie. On a noué des bracelets de grelots à mes poignets et accroché sur le haut de mon crâne un minuscule chapeau melon retenu par un élastique ; mais nul spectateur, la route est déserte, nous paradons dans le vide — que la terre est vaste.

Le soir nous campons, on nous douche, on nous nourrit, le jour nous marchons dans la touffeur d'un été brûlant, les hommes souffrent, perdent peu à peu de leur gaieté, dévorés par les moustiques, terrassés par la chaleur, tandis que l'éléphant et le rhinocéros continuent d'avancer impassibles, indifférents aux températures caniculaires qui m'accablent — je n'avais jamais connu de telles extrémités.

Les premiers jours nous sommes régulièrement aspergés mais l'eau commence à manquer et nous ne traversons aucun village, il semblerait que ce chemin mène tout droit à la débâcle, un puits de feu au bout d'une ligne sans horizon. Une fois de plus, cette odyssée d'hommes et de bêtes jetés ensemble sur les routes comme sur les flots me semble une épreuve insensée, toujours recommencée, j'ai si chaud que mon épaisse fourrure pèse comme une armure, si l'on pouvait me tondre, m'accorder un peu de fraîcheur à l'ombre d'un sous-bois, mais le paysage reste désertique et plat et je marche ainsi des kilomètres, dressé sur mes pattes arrière, dos et plantes de pieds si douloureux ; je souffre en silence car me rebeller causerait ma perte et les forêts où me replier ont disparu. Nous parcourons encore d'interminables étendues de terre sèche, rouge sang, nous ne croisons que quelques coyotes assoiffés et des serpents à sonnette qui disparaissent dans d'épais bosquets de ronces, ici et là le paysage se soulève de rochers immenses et plats que rien ni personne n'arpente.

Nous marchons ainsi une semaine, sans but apparent, le long d'une route parfaitement rectiligne, et au septième jour, comme par miracle, comme l'accalmie avait succédé à la tempête, le calvaire se transforme en marche triomphale, la situation se retourne en notre faveur : la fanfare reprend vie alors que nous apercevons au loin une première habitation, première colonne de fumée, premier signe d'activité humaine — et en moi, vif comme le contact du fer rouge, le souvenir d'un village où nous avait menés le montreur d'ours, il y a des siècles me semble-t-il, l'histoire se répète, ma vie s'enroule sur elle-même.

Au bout de ce désert ce n'est donc pas l'enfer et ses chaudrons que nous finissons par découvrir mais des villes qui semblent sorties de terre en une nuit et qu'on prendrait de loin pour un décor, peuplées d'hommes, de femmes et d'enfants surgis du sable, et que nous allons traverser les unes après les autres tels des rois. Notre errance est maintenant une procession ponctuée de mouvements de liesse, partout où nous passons des foules enfiévrées se pressent pour nous acclamer, chaque ville traversée est une fête, drapeaux et fanions décorent les rues, les habitants abandonnent leurs travaux pour venir à notre rencontre, les écoles et les commerces ferment pour la journée, les rideaux de fer se baissent de part et d'autre de la rue principale, tous accourent à pied ou à cheval, la population entière se masse le long de la route pour nous célébrer. Dans cette foule radieuse qui ressemble si peu à celle de la grande ville, nul homme pour me moquer, me malmener, me cracher au visage.

Repoussant les spectateurs, des hommes d'Église en robe pourpre s'approchent d'un air grave pour nous bénir, jettent sur nos pelages étanches quelques gouttes sacrées accompagnées de formules prophétiques, parfument l'air de leurs encensoirs. Des savants viennent nous observer de près, gratter la peau dure et plissée du rhinocéros dont ils récupèrent un échantillon, prélever les excréments de l'éléphant, mesurer mes empreintes. Des peintres aussi, installés sur les talus, qui révisent leur sens des proportions et leur palette de couleurs. Et des anonymes qui tentent de se frayer un chemin jusqu'à nous, les bras chargés de colliers de fleurs séchées, parfois d'or, qu'on nous enfile volontiers; je me retrouve ainsi affublé d'un bracelet de cheville tendu à bout de bras comme une offrande par une femme voûtée qui n'osera même pas lever les yeux vers moi. Les singes reçoivent des gilets en peau de mouton, les lions des perles de verre pour leurs crinières et les chiens des chausses en cuir pour protéger leurs pattes délicates. D'autres encore jettent des pièces que les forains récupèrent dans leurs chapeaux. À mesure que nous avançons, les roulottes comme les animaux se couvrent d'ornements et l'enthousiasme se propage jusqu'à la folie.

À mi-parcours l'éléphant est baigné dans une grande fontaine, devant des centaines de spectateurs, une vasque de granit monumentale dans laquelle la bête patauge joyeusement, aspergeant un public ravi, et tous, communiant d'un même geste, jettent la tête en arrière, bras écartés, yeux écarquillés vers le ciel, ouvrent grand la bouche pour récupérer quelques gouttes de cette eau touchée par l'éléphant et devenue magique. Sa trompe mouline les airs, l'eau gicle en arabesque, des spectateurs se déshabillent et torse nu viennent danser sous la douche miraculeuse, des femmes se dépoitraillent et seins nus invoquent l'éléphant, implorent sa protection, puis c'est la bousculade, bientôt la cohue, ils veulent tous prendre un bain avec l'animal, des grappes de spectateurs s'arrachent de la foule pour plonger dans la fontaine, alors l'éléphant panique, donne des coups de queue et de trompe, barrit furieusement, et les adorateurs s'enfuient en hurlant.

Je découvre le pouvoir des bêtes sur les esprits humains, un pouvoir bien plus fort que celui, misérable, que j'exerçais avec le montreur, le pouvoir de ranimer la démence, de provoquer la transe, une dévotion absolue, un amour affamé, un espoir insensé — qu'attendent-ils de nous ? nous prennent-ils pour leurs sauveurs ? Je croyais être un roi déchu, je suis peut-être un dieu, tombé, soumis, domestiqué, mais un dieu.

À l'issue de cette glorieuse parade, les hommes sont laminés, éreintés par ces kilomètres de route, ces milliers de spectateurs, les musiciens à bout de souffle et de salive ont renoncé à cracher dans leurs trombones, les réserves de nourriture sont épuisées. Notre cortège s'arrête enfin aux lisières d'une ville, devant un chapiteau que finissent de monter, au milieu d'un vaste champ d'herbe rase, des hommes en salopettes.

Les roulottes sont installées en cercle derrière l'immense tente, les chevaux dételés, les cages débarquées et transportées sous un chapiteau annexe, tous les animaux passés au jet et frottés à la paille, des feux allumés sur le campement — le soulagement d'être arrivé, la longue marche menée à son terme, une ambiance affairée et sereine. Ce soir qu'importe où nous sommes arrivés, je veux penser que ce voyage est le dernier, que les hommes me laisseront désormais en paix sur ce bout de prairie, qu'ils m'oublieront peut-être. Le jour décline rose sur un ciel étiré et j'ai confiance, une odeur de foin brûlé, d'urine et d'œuf pimente l'air, la stridulation métronomique des sauterelles nous berce, hommes au repos, bêtes paisibles, je glisse dans un sommeil aussi fatal qu'une hibernation, les braseros faiblissent, j'espère ajourner mon réveil, mon corps fourbu se détend, muscles refroidis et souples comme la terre sur laquelle je repose, je me souviens de la saveur des grains d'avoine et du tendre grésillement de la fourmilière, je dors.

Je suis tiré de mon sommeil par les claquements du fouet qu'un homme en culotte bouffante tenue par une large ceinture de cuir fait cingler à mes pieds. Debout l'ours ! Je ne bouge pas. Il m'assène un coup de bâton, je ne réagis pas, me gratifie de quelques flatteries, je ne suis pas dupe, me tend un biscuit que je dédaigne. Sa voix est étrange, fausse, un ton à l'amabilité retenue, tour à tour autoritaire et affable, il enroule ses caresses dans des menaces, m'ordonne encore une fois de me lever. Je ne bouge toujours pas, je le regarde qui cherche à susciter la peur puis la gourmandise, il veut me soumettre alors que je n'exprime aucune révolte, s'il savait.

Sous le fouet de cet homme est peut-être passé tout le règne animal — à l'exception de la baleine trop imposante et de la méduse à la bêtise insondable. Cet homme a sans doute dressé des lions qui n'ont plus peur du feu, des mouches qui se battent en duel avec des brins de paille, des éléphants qui tiennent en équilibre sur leur trompe, des puces qui tirent un carrosse et d'un coup de rein bien ajusté sautent cent quarante fois leur hauteur. Sous son fouet ils ont tous consenti, et ce serait maintenant mon tour. S'il savait que je consens depuis longtemps déjà, que j'ai toujours su que seul le travail auprès des hommes serait le garant de ma vie. Je me montrerai docile comme toujours, je le laisserai passer une corde autour de mon cou, je n'opposerai aucune résistance, ne manifesterai aucun signe de désapprobation. Une férocité mal placée et c'est la mort, un geste menaçant, une attitude non répertoriée dans leurs manuels de dressage et ils n'hésiteront pas à nous tuer.

Je me lève brusquement, le dompteur sursaute, arme son bras mais je ne lui laisse pas le temps de réagir, j'exécute une magnifique courbette, tire ma révérence, me penchant avec le plus de déférence et d'élégance possible. L'homme suspend son geste, esquisse un pas en arrière, son visage plat et carré d'abord sidéré, puis plein d'admiration, ravi de constater que je suis un animal prometteur, obéissant et habile, qu'il sera inutile de recourir plus longtemps à la force et à l'intimidation, que ma présence ici est une aubaine. Après avoir fait la fortune du montreur d'ours je ferai peut-être celle du dresseur. Il me faudra donc à nouveau témoigner de mes talents, le voyage n'est pas terminé, le travail non plus, je suis dressé pour l'éternité, une bonne affaire qu'on se refile, une belle bête qu'on s'échange, et ma vie fait des boucles, impossible de bondir hors de ma condition, de sortir du cercle.

Cependant, prenant immédiatement acte de mes remarquables prédispositions au domptage, de mon sens inné de la discipline et de mon bon caractère, comprenant sans doute que je suis apte à me gouverner moi-même, le dresseur ne me met pas à l'attache et s'en va mater d'autres bêtes. Je me retrouve ainsi, comme sur le pont du bateau, autorisé à divaguer librement dans l'enceinte du campement. Me voilà à nouveau précipité sur un morceau de cette terre colonisée par les hommes, dont je n'imagine même pas les limites physiques.

Mais ce que je découvre alors, stupéfié, est une communauté à parts égales humaine et animale, campant sur un terrain envahi de roulottes rouges et de toiles blanches, association fabuleuse de tigres, de clowns, d'otaries, de cracheurs de feu, de jongleurs, d'acrobates, de chiens savants, d'écuyères aux capes de velours et de chevaux, une foule prodigieuse baignant dans une odeur de foin et de sueur, un village dont les habitants portent des costumes ajustés qui découvrent les corps, où l'on s'entraîne jour et nuit à sauter dans le vide, où l'on allume des feux et prépare des ragoûts dans d'immenses marmites. Un monde qui mêle bêtes et hommes, affairés ensemble, travaillant sans relâche jusqu'à la représentation du soir, enchaînant de longues séances de répétitions et d'exercice, ne s'octroyant que quelques maigres heures pour le repas, le soin et le sommeil, une cité dont la seule règle est le spectaculaire, dont les habitants mènent une existence de sacrifices et de fêtes — je découvre la vie du cirque.

En quelques jours je me familiarise avec les lieux, j'imagine ce campement comme la dernière destination, le reste de mon existence s'éloigne — combien de mers entre l'enfance et moi ? —, on m'enseigne de nouveaux tours, j'élargis mes capacités, je diversifie mes prestations, je suis désormais un peu plus qu'une bête de foire, un animal de cirque, mon audience s'élargit et je me produis sous une tente qui accueille une masse de fidèles à la foi inaltérable, un public respectueux, tenu à distance par la piste mais, comme souvent les hommes, hurlant à chacune de nos apparitions — et leurs cris désordonnés réveillent parfois en moi d'anciennes terreurs que je tâche de maîtriser : j'inspire alors calmement, je fixe la ligne flottante des spectateurs et je me concentre sur Monsieur Loyal, son haut-de-forme, sa redingote écarlate à passementerie or.

Chaque soir il entre en piste le premier sous des applaudissements d'autant plus hystériques que l'on n'a encore rien vu et que le plus extravagant est à venir, on est venu en famille et les enfants sont contents — on leur a offert des glaces sans regarder à la dépense —, ce sera l'unique sortie de l'année et elle se doit d'être mémorable, on espère être effrayé et émerveillé, les bêtes seront féroces et déchaînées mais aussi émouvantes et soumises, on imagine déjà, on redoute, et en réalité on espère que l'équilibriste tombe et que le dompteur se fasse dévorer, la chaleur et la promiscuité sont de formidables conducteurs de fièvre, on est ébloui par les rampes lumineuses, enivré par l'odeur de maïs grillé, et leurs applaudissements sont d'autant plus sonores que cette soirée est un événement qui divertit leur quotidien ingrat et répétitif, une fête attendue depuis longtemps, dont la perspective attendrit les jours difficiles, car rien ne ressemble à ça, cette débauche d'exploits, de couleurs scintillantes et de chairs.

Et d'abord la chair des femmes. Ce sont elles qui, précédant les acrobates, les clowns, les gymnasiarques et les bêtes, inaugurent le spectacle — femmes à moitié nues, femmes herculéennes, femmes interdites. C'est au cirque que je vais enfin approcher et connaître les femmes, celles auxquelles je suis irrémédiablement attaché, condamné par la légende et mon histoire, celles que les hommes ont toujours tenues loin de moi.

Quand la première d'entre elles apparaît, le silence s'abat comme la foudre, les yeux s'écarquillent, les crânes frissonnent, les visages ébahis ont pivoté vers le rideau de velours dont les pans s'écartent pour laisser passer la saisissante Madame Yucca. L'entrée en scène de cette créature de deux mètres pétrifie instantanément le public, une masse de gras et de muscles enrobée d'un maillot rayé que surmonte un visage hâlé en forme de poire, percé d'une bouche écarlate et ovale, d'un nez minuscule réduit à ses narines et de deux billes violettes enfoncées dans leurs orbites.

De ses mains larges et épaisses comme des battoirs, vissées aux bras par de fines attaches qui contrastent avec sa physionomie, Madame Yucca soulève un homme choisi au hasard dans le public et vient le déposer au centre de la piste. Elle demande alors au volontaire de lui tourner le dos et de se pencher en avant, paumes sur les cuisses. Puis, pieds nus fermement ancrés dans le sable, bras écartés, elle le saisit par la ceinture du pantalon, avec les dents, et fait ainsi le tour de l'arène tenant sa proie comme une chatte ses petits. Après avoir reposé le spectateur juste devant sa place, et sous les hourras du public et de l'épouse du volontaire, Madame Yucca grimpe le long d'une échelle de corde jusqu'au sommet du chapiteau où se balance un câble métallique qu'elle saisit à pleine bouche pour se jeter dans le vide, sans filet : d'en bas, ceux qui ont loué des jumelles peuvent distinguer sa mâchoire contractée, ses dents blanches et parfaitement alignées qui brillent sous les feux des projecteurs, son visage sédimenté, un bloc de granit, ses veines temporales qui forment de petits ruisseaux bleus. Je crains non pas qu'elle lâche prise mais que le câble métallique n'irrite sa langue d'un rose tendre que l'on voit claquer au fond de sa gorge quand Madame Yucca rit, déjetant sa tête en arrière.

Avant de quitter la piste, la femme Hercule exécute sa célèbre glissade de la mort ; se hissant à nouveau à une dizaine de mètres, elle défait ses épais cheveux noirs retenus en chignon, les enroule autour d'une poulie et ainsi suspendue par la tête se laisse dégringoler le long du même câble tendu cette fois en diagonale pour venir saluer à terre, scalp bien en place, rictus de douleur masqué par un sourire de circonstance. Madame Yucca que ne couvre aucune fourrure a la force des ours et je l'ai immédiatement aimée.

Celle qui lui succède est un tout autre genre de femme : menue et gracile, Lady Alphonsine entre en piste sur la pointe des pieds, liane blonde et pâle, vêtue d'un justaucorps bleu qui l'habille intégralement — elle pourrait tenir dans le creux de ma paume. Sifflements admiratifs dans la salle, cous qui se tordent pour voir la beauté. Au centre de la scène on a maintenant installé un mât de six mètres autour duquel s'enroule, raide comme un pas de vis, une étroite rampe de bois qu'Alphonsine va emprunter juchée sur une boule, une ombrelle de papier ajouré dans la main droite. Si la montée sur ce petit sentier semble facile quoique déjà impressionnante, la descente est périlleuse et le public du cirque, fataliste, retient son souffle devant cette insulte faite aux lois de la gravité. Mais Alphonsine jamais ne chute, jamais ne lâche son ombrelle, exécute trois fois la montée et la descente et quitte la piste avec une telle discrétion que les spectateurs se demandent s'ils ont l'autorisation d'applaudir.

Mademoiselle Octavia la Tour est la dernière de ce trio féminin qui inaugure chaque représentation. Octavia est une jongleuse redoutable dont le numéro, qu'aucun homme du cirque n'a jamais su maîtriser, consiste à manipuler simultanément des objets de formes et de poids divers, exigeant des efforts musculaires contrastés et une attention sans faille : un œuf, un boulet, une bouteille de champagne, un poignard, une brique et une pomme. Octavia jongle avec une facilité déconcertante tandis que son regard désinvolte se perd dans la foule, glisse et vagabonde, jamais interrompu par les objets qui dansent devant elle.

Tous admirent son air hautain que rehaussent une robe noire fendue sur la cuisse et un boa de plumes vert sombre, et moi j'admire également la complexité des muscles de ses bras, plus ou moins bandés, plus ou moins saillants selon que c'est l'œuf ou le boulet qui retombe dans sa main, mêmement souple et élastique.

Octavia aux multiples talents, que j'observe des coulisses, reviendra clôturer le spectacle en charmeuse de colombes et c'est miraculeux de la voir emportée au galop sur sa jument alezane, se tenant debout sur la selle puis agenouillée puis couchée sur le ventre, son long manteau blanc flottant derrière elle et le vol régulier des colombes à sa suite. Elles forment une succession de figures — pointes, ellipses, lignes — avant de s'abattre sur son bras, ses épaules, sa nuque, essaim neigeux qui l'entoure, nuage frétillant qui ferme la course alors que s'échappent des plis du manteau quelques graines picorées au vol, invisibles pour les spectateurs mais dont l'odeur farineuse volette jusqu'à moi ; et le public, amoureux, chavire.

Octavia m'autorise parfois à assister à l'entraînement des colombes. Je me tiens sur le bord de la piste tandis que la charmeuse aux poches pleines de graines dessine dans l'air, de son bras habile, les mouvements imprimés aux oiseaux. Leur piaillement me réjouit et c'est ainsi que j'imagine le chant des forêts que je n'ai jamais connu.

Il arrive qu'Octavia leur ordonne de venir se poser sur moi : je dois me tenir debout pattes écartées, elle sème alors quelques graines dans l'épaisseur de ma fourrure, que les oiseaux viennent picorer jusqu'à la dernière — sous l'aisselle, derrière l'oreille, au pli du coude ; mais je ne sens rien, pas un coup de bec ne m'atteint, pas plus que je ne sens les caresses d'Octavia, et cette insensibilité me peine. Je la vois frémir quand une plume glisse sur son bras nu et je voudrais tant me débarrasser de cette carapace de poils pour sentir sur ma peau à vif ce que sentent Madame Yucca, Alphonsine et Octavia, le poids délicat des pattes d'un moineau ou d'un baiser humain. Au cirque comme partout ailleurs les braises de ma mélancolie souvent se raniment.

Je mène ainsi une existence plutôt solitaire que seules viennent troubler mes trois amies. J'aime leur bonté volontaire, leur adresse et leur talent. Elles portent sur moi un regard bienveillant et neutre, leurs sourires et leurs mots tendres sont sans pitié ni appréhension, avec elles je reconduis enfin l'ancienne alliance des femmes et des ours. Elles seules peuvent m'approcher à tout moment de la journée sans que je grogne ou me détourne, je les laisse démêler, peigner et lisser mon pelage avant chaque spectacle. Alphonsine le fait briller avec quelques gouttes d'huile, Madame Yucca le lustre, Octavia le parfume d'ambre.

Je suis le seul animal de la ménagerie laissé en liberté dans l'enceinte du cirque — avec les chiens que l'on déguise en éléphants nains et les oies —, je peux ainsi rôder tout le jour autour du bout de campement qu'elles partagent, et de loin je les contemple qui se préparent : étirements, respirations et corps passés au talc que je butine comme du pollen.

Je sais que nous nous sommes follement aimés, nous apprivoisant mutuellement, partageant une admiration muette, rejouant chaque jour la surprise de nous découvrir.

Certains soirs, l'une d'elles, chacune son tour, se glisse jusqu'à ma cage dont la porte reste toujours ouverte. Elles viennent alors se blottir contre moi en silence, se mettre en boule comme un hérisson, se caler tout contre mon ventre, parfaitement immobiles durant une heure ou deux, ou même toute la nuit quand le mal du pays est trop fort ou le vent d'hiver trop froid. Je suis leur cabane, elles s'enfoncent dans l'épaisseur de ma fourrure comme dans un taillis profond, elles y disparaissent, aspirées, enveloppées, je finis toujours par m'endormir avec elles logées en moi, puis je me réveille en sursaut, stupéfié par leur audace, elles n'ont pas bougé et je sens à peine leur présence qui s'allège à mesure qu'elles sombrent dans le sommeil. Alphonsine et Octavia me semblent friables comme des miniatures de sel mais Madame Yucca c'est autre chose. Elle trouve entre mes pattes le seul refuge possible à son corps démesuré, elle s'abandonne, c'est inespéré, soudain vulnérable et minuscule dans mes bras. Avec moi Madame Yucca peut enfin se faire oublier, disparaître à l'abri du corps d'un autre, échapper quelques instants à la solitude des forts, et j'enlace alors sans craindre de tuer, je la berce, la femme Hercule et moi neutralisant nos puissances respectives, dans cette étreinte devenus doux comme des agneaux. M'a-t-il été donné avec Madame Yucca l'occasion de perpétuer ma race maudite ? de faire de ma merveilleuse exception l'avènement du règne des métis, d'être un sorcier et un homme nouveau, un oracle et l'avenir du règne animal ? Madame Yucca désirait peut-être cette union, mais humain trop humain j'ai réprimé avec obstination mon désir mon instinct, refluant, renonçant — tous les élans de mon corps désormais circonscrits aux seuls numéros de cirque —, colonisé par les souvenirs d'une violence que je ne voulais ni lui transmettre ni lui infliger. La serrant contre moi dans l'obscurité embaumée et chaude de ma cage, je me suis vu homme entravé et animal empêché, bestialité perdue et évidence disparue, je me suis vu éloigné de ma vie, homme invisible et bête incertaine, je me suis vu bander en vain.

Les femmes m'ont deviné mais gardent tous les secrets. Elles sont mes complices et, pour le reste, je me tiens le plus possible à l'écart des hommes, dans une douce apathie, m'abandonnant à une forme de contemplation quand je ne suis pas requis sur la piste. On me laisse déambuler, on m'octroie un régime d'exception dont je n'abuse pas, aucun méfait ou débordement ne peut m'être reproché, je ne me rends coupable de rien, bête docile et sage, si bien domestiquée qu'on en oublie ma présence étrangère, un ours devenu presque invisible quand il flâne sur le campement, une silhouette familière qui vagabonde en silence — promenade rituelle entre les cages et les baraquements qui fument — ou s'exile dans un recoin pour somnoler.

J'exécute chaque soir mon numéro avec une parfaite dévotion et une extrême obéissance, puis la collaboration cesse jusqu'au lendemain, on ne me demande plus rien, si ce n'est quelques séances d'entraînement sous l'œil critique et attentif de Lady Alphonsine.

Une seule fois, dans les premières semaines de mon séjour au cirque, on tenta de s'immiscer dans mon existence, de m'accoupler avec l'autre ursidé de la ménagerie, un panda géant, sans doute dans le but de donner naissance à une créature bizarre et lucrative que les foules viendraient admirer pédalant sur un tricycle. Mais si j'ai renoncé à Madame Yucca ce n'est certainement pas pour me livrer au panda. Le dompteur nous enferma en vain trois nuits de suite dans la même cage, nous gavant de fruits rouges et de racines de gingembre, mais ce qui fut d'abord de l'indifférence vira rapidement à l'hostilité et nous ne sûmes que nous éborgner et nous cracher dessus. Après cette tentative malheureuse on me laissa en paix et la porte de ma cage ne fut plus jamais verrouillée.

C'est devant cette cage que chaque soir le clown blanc vient me chercher, quand le soleil décline, une heure avant le début de la représentation, pour que les femmes aient le temps de me préparer, de m'habiller, que j'assiste à leurs numéros, que je me chauffe et me concentre en coulisses. Le clown à l'air digne et sérieux me trouve toujours au même endroit, couché à l'entrée, il me prend alors par la patte et nous rejoignons la tente main dans la main.

Mon numéro, que j'exécute seul en piste, n'est pas le plus impressionnant du spectacle mais il demande une certaine dextérité et réjouit les enfants — et sans enfants plus d'ours, plus de singes, et sans ours et sans singes plus d'enfants, nos destins sont liés.

Je suis programmé juste après l'entracte durant lequel des clowns à pois distribuent de la citronnade au public, c'est donc moi qui ouvre la deuxième partie du spectacle, alors que l'orchestre reprend ses ronflements de trompettes, ses galops de tambours et ses affreuses cascades de cymbales qui me vrillent l'estomac. Monsieur Loyal annonce la bête extraordinaire et redoutable, venus d'un pays effacé de la carte, dont la beauté n'a d'égale que la force, dont la douceur cache une puissance phénoménale, dont l'intelligence en fait quasiment l'égal des hommes. Il ménage ses effets, réserve mon nom, réclame aux spectateurs des encouragements, qu'on me fasse venir ! L'épais rideau de velours rouge s'ouvre enfin, j'apparais, c'est l'ours ! Je glisse jusqu'au centre de la scène en position de vitesse, juché sur des patins en acier à lanières de cuir, vêtu d'un gilet brodé et coiffé d'un chapeau de zouave. Premier tour de piste, second tour de piste, dérapage contrôlé, les roues crissent, je m'immobilise au centre de l'estrade, bras levés tête renversée, je marque un temps d'arrêt, fais claquer mon patin, le public s'exclame d'une seule voix : olé !

Bien que j'agrémente ma prestation de quelques tours d'équilibriste et de danseur sur boule, le patinage constitue l'essentiel de ma tâche et c'est ainsi que m'annonce le programme : l'ours patineur. Je roule sur un plancher de bois, en avant en arrière, traçant des diagonales, des paraboles et des cercles, les yeux bandés pour corser l'affaire puis, pour la corser encore un peu plus, un jeune trapéziste grimpe sur mes épaules. J'enchaîne ainsi une dizaine de figures de plus en plus complexes — saut de lapin, pied libre lancé en avant, pied porteur montant sur la pointe, réception sur la pointe du pied libre, glissé sur le pied porteur, axel, demi-flip, saut de valse et tour jeté, départ pied droit réception pied gauche, entrechat, une chorégraphie impeccable qui impose silence et respect aux spectateurs. Je dépose le trapéziste à terre, je virevolte maintenant comme une ballerine, porté par ces minuscules patins, accessoires magiques et ridicules sur mes larges voûtes plantaires, pourtant je ne tombe jamais, tout me semble facile, et monté sur roues je suis un oiseau, mon centre de gravité trouve l'équilibre parfait, l'attraction terrestre s'estompe, une légère brise caresse ma fourrure, encore un tour de piste, je patine d'un air dégagé, pattes croisées dans le dos, je slalome entre des bouteilles de champagne, un dernier tour, je salue enfin, clameur dans l'assistance, doigts tendus dans ma direction.

Et c'est ainsi chaque soir, une routine sans danger, quelques minutes de performance pour une vie de tranquillité sinon, une vie plate mais sans heurts, sans haine — je m'en contente. Chaque soir j'ai droit à un rappel et on tape en cadence des pieds et des mains encouragé par le chauffeur de salle, je reviens au centre de la piste, les enfants me jettent des pop-corn et des serpentins, je brandis un trombone, le porte à ma gueule dans un geste solennel et entame une marche militaire tout en continuant à patiner — dans les gradins des hommes ajustent leurs casquettes, se redressent et saluent.

Puis vient le moment de grâce, celui qui échappe toujours à l'ennui de la répétition, attendu par moi avec autant d'appréhension que de joie, le clou du spectacle, l'ultime émotion : je lâche mon instrument, Octavia entre en scène, robe de mousseline vert d'eau, maquillage bleu nuit. Elle s'approche sur la pointe des pieds, flotte au-dessus de la piste, je glisse vers elle retenant mes gestes, nous sommes maintenant face à face, mon ombre la recouvre comme un nuage noir, un pas de plus et je pourrais la décapiter, le public frissonne, nous nous regardons, suspens, l'ours et la jeune fille qui maintenant ferme les yeux, je me penche doucement alors que se lèvent les roulements de timbale, et du bout de la langue j'attrape la pomme qu'Octavia tient entre ses dents, un presque baiser qui saisit les spectateurs envieux, leurs regards écartelés.

Après moi sur la piste défileront les singes à vélo costumés en baigneurs, le cheval qui marche sur les genoux, fait la révérence et désigne l'homme le plus amoureux de l'assistance, le fakir Blacaman qui hypnotise les crocodiles, la truie déguisée en nourrice poussant un chiot dans son landau, et la compagnie de babouins, costumes de généraux et serviettes autour du cou, qui bâfrent derrière une table couverte de biscuits et de crème glacée — un petit capucin, en bonnet et tablier blancs, sert ses congénères avec un air flagorneur, il tient un chandelier allumé dans la main droite, une grosse louche en argent dans la gauche.

Suivent la pyramide d'hippopotames en équilibre sur un plateau tournant et Baba l'éléphant : il débouche une bouteille d'eau-de-vie, la boit d'une traite, titube et joue l'ivresse, chique du tabac, tourne la manivelle d'un orgue de Barbarie pour faire danser les otaries.

Mais tout ce cirque n'a pour but que d'amener progressivement les spectateurs vers LE numéro, celui que nous attendons tous — bien plus étourdissant que les acrobates et les funambules qui risquent leur vie à vingt mètres de hauteur —, je veux dire les fauves.

Ce sont eux qu'on vient voir de près, pour eux qu'on a payé, car ce sont les bêtes bien plus que les hommes que l'on est venu admirer. Les hommes ne font qu'agrémenter le spectacle de la sauvagerie, le mettre en scène, les hommes sont là pour tomber ou être dévorés, on vient voir qui aura le dernier mot, on vient pour le lion et le tigre auprès desquels je fais pâle figure, ma fonction de patineur ayant recouvert mon statut de prédateur ; on n'a même pas songé un instant à me pousser dans une cage avec un dresseur, à me faire grogner, montrer les dents et les griffes, que j'ai pourtant affûtées. C'est sans doute que ma gueule est trop étroite pour qu'un homme puisse y mettre sa tête. Et c'est que le tigre ne sait pas se tenir sur des patins à roulettes, il a trop de pattes. Alors il a bien fallu se partager les tâches en fonction de nos morphologies respectives. Les lions et les tigres ont remporté la mise. L'ours a fait l'erreur de se redresser, rester à quatre pattes lui aurait assuré un avenir de créature sanguinaire. On ne prend jamais tout à fait au sérieux les plantigrades, ceux qui marchent debout ont des airs inoffensifs — alors que je tue qui je veux d'une pichenette. Depuis longtemps déjà le lion m'a détrôné, ravalé au rang de bouffon même si mon aspect imposant impressionne encore un peu. Mais les hommes me suspectent de douceur et de bonhomie — ma tête trop arrondie, trop fournie en poils soyeux, ce brun trop duveteux, cet air mélancolique et cette prédisposition à devenir peluche, serrée contre un cœur enfantin, dernier rempart face à la peur de l'obscurité quand il est l'heure de dormir. L'ours est passé du côté des enfants, il n'y aura pas de retour possible, rien ne pourra défaire cette malédiction et cet attachement, à moins que je ne décapite sur-le-champ un jeune spectateur.

Avec le temps j'ai compris que les hommes se voyaient en moi, à la fois plus tendres et plus sauvages. Dans le lion ils ne se reconnaissent pas. Et le tigre est celui qu'ils voudraient être mais qui ne leur ressemble pas. Les hommes cherchent leur bête, hésitent entre le violent et le doux, l'indomptable et la soumission, le cruel et le sage. Mais seule la férocité finit par les aimanter, les prendre dans ses filets, et parfois je rêve — et dans ce rêve sonne enfin l'heure de la vengeance —, je m'imagine dans la cage, c'est enfin mon tour, je m'introduis en contrebande, masqué en jaguar ou en panthère. Je suis ce fauve auquel on balance à travers les barreaux d'énormes quartiers de viande de cheval aux reflets jaunes, je suis en colère et on excite cette colère en me tendant une gamelle vide sur laquelle je me jette en rugissant, ivre de rage que l'on m'ait trompé, je bave d'envie, je souffle mon haleine exaspérée à la face des valets et le son de ma litière s'envole en tourbillonnant.

Je me tiens sur quatre pattes, le dompteur entre dans la cage, s'approche lentement, me parle avec amitié, des mots aux intonations suaves et fluides, une voix basse et posée, d'abord à distance. Il tend son bras et pose maintenant sur le sommet de ma tête le manche d'un fouet qui n'a jamais servi à me frapper. Il évite tout geste brusque, tout changement de ton, fait glisser le manche sur mon crâne avec précaution et guette mes réactions : je grogne un peu, il effleure timidement mes poils, je me méfie, je suis une bête sauvage, je redoute les gestes furtifs ou esquissés, les mouvements avortés et flous, les déplacements hypocrites et les regards fuyants. Je dois pouvoir décoder toutes les attitudes — claires, appuyées, sans équivoque. Le dompteur presse maintenant sa main bien à plat sur ma tête, mon flanc, mon épaule, tout en continuant à me parler avec la même régularité dans la voix. Ses manières sont directes, il ne cherche pas à me leurrer, il n'a pas peur, il sait que le moindre comportement désordonné, nerveux ou réticent pourrait lui être fatal. Droitier, il me caresse de la main gauche — si je le mutile d'un coup de griffes ou de dents il pourra toujours envisager de reprendre son métier de l'autre main. Je viens me frotter à ses jambes, il hésite mais ne recule pas, c'est presque gagné. Tout à l'heure il me mènera sur la piste, me fera sauter des barres enflammées que tiendront entre leurs mâchoires deux lions à la crinière bouffante. Saura-t-on ranimer mes instincts sanguinaires ?

Je me souviens de Joseph, un jeune nain au visage douloureux, au nez démesuré et écarlate, au menton en galoche, que son père avait vendu au cirque.

Le directeur a aussitôt l'idée audacieuse de transformer le petit homme en dompteur de chats. Des chats qui, pour les besoins du spectacle, sont grimés en tigres, leurs poils blancs zébrés de peinture fauve et noire. Le pauvre Joseph, terrorisé et maladroit, incapable de manier la cravache, est enfermé en compagnie des animaux rayés dans une cage, et montré au public. Avec le temps il apprend à donner quelques coups de fouet, à imposer trois ou quatre figures aux chats mais, un soir de représentation, alors qu'il tente de les faire passer dans des cerceaux, un faux tigre lui saute à la gueule sans crier gare, aussitôt suivi dans un mouvement spontané de folie collective par tous les autres : en quelques secondes, accrochés au corps et au visage de Joseph, furieusement agrippés à ses cheveux, à son nez, à ses mains, à son cou, à son sexe, ils le défigurent, le lacèrent, lui crèvent les yeux puis l'égorgent devant un public incrédule. Le nain englouti sous cet amas de chats déchaînés, comme possédés, meurt avant que quiconque puisse réagir.

Aucune explication raisonnable ne put jamais être fournie à ce drame, et s'il s'agit d'une vengeance des chats, de quoi se sont-ils vengés exactement ? Et s'il n'y a pas d'explication, si nous pouvons tous devenir fous et basculer, si les choses arrivent sans prévenir, alors rien ne m'empêcherait d'être pris à mon tour de démence bestiale.

Le dompteur, un ancien commis de ferme, a dressé dans sa jeunesse les animaux les plus colériques — vaches révoltées, chevaux furieux, taureaux intraitables mais aussi loups capturés à l'occasion de battues qu'il assouplissait de sa voix ferme et chaude. Il est réputé pour travailler à la fois en férocité et en douceur avec ses bêtes, alternant numéros de soumission et de complicité.

Je suis avec lui dans la cage et alors qu'il me fait jongler avec des boulets de canon, fouettant la piste de sa chambrière, il se prend la jambe dans la lanière de cuir, perd l'équilibre, s'étale à mes pieds, sans un cri. Aussi surpris et désemparé que lui, je laisse retomber les boules de fonte, qui se fichent dans le sable avec un bruit sourd et menaçant : une onde de panique parcourt l'assemblée, le dompteur gît maintenant sur le dos, silencieux, immobile. Seule sa cage thoracique se soulève à une cadence infernale, se gonflant et se dégonflant comme une baudruche, il est pâle et gris, ses yeux immenses, la pupille dilatée, sa salive forme une mousse épaisse aux commissures des lèvres, son corps suinte l'angoisse et on n'entend que le sifflement de sa respiration affolée. Des spectateurs changés en pierre n'émane aucun son, temps suspendu et ciel refermé, plus âme qui vive, le dompteur ne se relève toujours pas, ne tente aucun geste, est-ce qu'il attend la mort ? Je me tiens à quelques mètres de lui, affalé sur mes quatre pattes, je l'observe comme une mouche sur un mur, dans le public une femme se mord la lèvre et une autre est secouée de frissons, un homme dans l'expectative lisse l'extrémité de sa moustache tandis qu'un autre grince des dents, un enfant hoquette et sa sœur ferme les yeux. Je contemple le dompteur avec méfiance et curiosité, à vrai dire je ne sais pas très bien quoi faire de la situation, jusqu'à ce que le goût du sang me revienne aux babines et à l'esprit comme une injection d'adrénaline, et que mes poils se dressent sur mon cuir, chargés de poison.

Je fais un pas puis deux, public figé, encore un pas et je viens m'asseoir à côté du dompteur, sans le quitter du regard je pose une patte sur son ventre, je la sens qui s'enfonce, lourde dans sa chair, ses intestins qui palpitent, sa respiration qui se bloque, il suffoque mais se tient toujours immobile, il a baissé les yeux, on dirait qu'il marmonne quelque chose, une prière approximative et sourde, je sens son corps se raidir, le poids de ma patte qui l'écrase, je tourne la tête vers les spectateurs, les feux de la rampe m'éblouissent, je cligne des yeux, secoue la tête, émets un grognement, cette fois une clameur monte dans la foule, enfle et s'étend, mouvement de panique, vociférations, appels au secours, chaises qui tombent, enfants qui pleurent, femmes qui trébuchent, quelques applaudissements aussi, des sifflements admiratifs, un cri d'encouragement — pour moi ou pour le dresseur? —, on se lève, on se pousse pour mieux voir la scène, assister au dénouement, on cache les yeux des petites filles, on prête à sa voisine son flacon de sels, on sort son mouchoir, son tabac, on ajuste ses lunettes, on tape des pieds, on ne veut pas en perdre une miette — c'est moi la star.

Je décide de jouer un peu avec ma proie, désormais résignée et inerte comme un sac de sable. Je l'agace, la tourmente, la fais rouler sur le flanc à coups de pattes et de museau, je danse autour d'elle comme autour d'une dépouille, je mordille ses vêtements, je l'effleure de mes griffes, je décide de le saigner un peu. Je tourne maintenant le dos au public qui, frustré et terrifié de ne plus voir, proteste et hurle de plus belle. Un homme crie que j'ai quelque chose dans la gueule, peut-être la tête du dompteur, une femme demande qu'on me tue sur-le-champ, qu'on m'abatte et qu'est-ce qu'on attend.

La cage s'ouvre et trois hommes armés, d'un fusil, d'une fourche et d'une barre de fer, entrent. Je lâche ma proie et recule, viens me coller le dos aux barreaux, ils me menacent à distance, à terre l'ours! je me couche, le jeu est terminé, le goût du sang reflue, mes griffes se rétractent, ma fourrure retrouve sa douceur moirée, ma langue s'assèche de sa bave acide. Pendant que l'un me tient en joue, les deux autres relèvent le dompteur dont le corps pantin de chiffons s'est vidé de toute énergie, de sa joue gauche pend un lambeau de chair, une partie de son cou est à vif.

Soutenu par les deux hommes, ses jambes ne le portent plus mais il sait qu'un dresseur ne doit pas sortir de la cage sans avoir rétabli son autorité, demande donc qu'on le traîne jusqu'à moi, ordonne à voix basse qu'on glisse le fouet dans son poing ensanglanté et dans un dernier sursaut, nerveux et vengeur, me cingle le ventre en poussant un cri de soulagement.

Et c'est un tonnerre de bravos ! assez ! encore ! à mort ! vas-y ! pitié ! plus fort ! Une femme s'évanouit enfin, après s'être assurée que le spectacle était tout à fait terminé, on l'évacue sur une civière, on presse le public vers la sortie qui se tord le cou pour en voir encore un peu, un ultime rebondissement peut-être, et dans la foule maintenant clairsemée une voix s'élève, sonore et dépitée : moi j'étais pour l'ours.

Au cirque, ce sont les bêtes bien plus que les hommes que l'on vient contempler. À moins que les hommes ne soient des bêtes.

Notre cirque, dont la réputation s'étend jusqu'à devenir l'attraction incontournable de toute une région, s'agrandit à mesure de son succès. De nouvelles roulottes font leur apparition sur le campement, des tentes et des baraquements supplémentaires sont dressés, et le panneau coloré annonçant l'extraordinaire ménagerie est maintenant surmonté d'une seconde réclame vantant les mérites de la *Galerie des phénomènes*. Une certaine effervescence s'est emparée du cirque, une excitation que je ne sais pas encore décoder, pas plus que je n'imagine à quoi ressemblent ces phénomènes, ce qui peut bien les distinguer de nous.

À l'entrée du chapiteau, les jongleurs en costume blanc distribuent des tracts sur lesquels on peut lire : « *Il faut voir l'avaleuse de sabre, les sœurs siamoises Dodica et Radica, Adrienne la femme à barbe, le géant (3,50 m) et le plus petit homme du monde, et de nombreuses autres attractions et merveilles de la nature.* » Comment résister en effet à une telle injonction ? D'autant plus que les journaux locaux, vendus à la criée pendant l'entracte, relaient la nouvelle, annoncent l'arrivée fracassante de ces phénomènes à coups d'encarts publicitaires et de réclames aguicheuses pour « *une jeune fille de 14 ans qui n'a qu'un œil placé au-dessus du nez et une seule oreille sur l'épaule* » ou « *un veau ayant la tête d'un chien bouledogue, la queue et le fémur de l'ours, les 4 pieds du porc* », précisant que « *cet être vivant est hermaphrodite et fait toutes ses ordures par le même orifice* ».

La famille du cirque s'agrandit, l'offre se diversifie, nous ne sommes plus seuls, je n'ai qu'une peur, que ma vie change à nouveau, moi qui n'aspire qu'à la paix.

Mais ce que je vais découvrir changera effectivement le cours des choses, celui de mon existence, ce que je vais découvrir et que je ne soupçonnais pas est un outre-monde fascinant, le revers noir de la piste du cirque, la face maléfique de nos divertissements.

Je découvre, rassemblée à l'arrière de notre campement, une communauté d'êtres inouïs et de créatures diaboliques qui attireront un public encore plus nombreux et feront de notre cirque le plus populaire du pays. Désormais la nature tout entière est visible sous notre chapiteau et deux mondes se côtoient sur l'immense terrain où s'est sédentarisé le cirque, deux mondes séparés par une simple bande herbeuse, quelques mètres de terre et une baraque à frites dont l'odeur irrésistible, grasse et salée, m'attire comme un appât. Le cirque traditionnel d'un côté — bêtes et saltimbanques —, la galerie des phénomènes de l'autre — monstres et curiosités.

Mes promenades quotidiennes bifurquent maintenant vers ces mauvais présages, ces merveilles, ces miracles, et je mendie un cornet de patates chaudes au passage. On me laisse déambuler tranquillement comme un membre de la troupe, un élément du décor : ici rien n'étonne, aucun être vivant aussi curieux soit-il n'attire l'attention, nous sommes tous des rebuts de la nature, nés d'un orage, de l'accouplement d'une sorcière et d'un ange. À mesure que je m'enfonce dans les dédales de la galerie surgissent sous mes yeux une multitude de personnages prodigieux qui me mettent en joie, l'ambiance est festive, chaleureuse et bruyante, je me fonds dans ce peuple de l'extraordinaire et j'observe.

Le bonimenteur, petit homme vêtu d'un frac, alpague les passants faussement sceptiques pour les convaincre de passer le rideau en échange de quelques pièces ou d'un billet. Derrière ce rideau, sur des estrades, dans des boîtes noires, dissimulés par des paravents, se tiennent des êtres aux crânes hypertrophiés, couverts de poils, poussant des cris rauques ou miaulant comme des chatons, un singe à cinq pieds, Jo-Jo le garçon russe à tête de chien, un porc-cyclope, un enfant resté trente-deux ans dans le ventre de sa mère, toutes sortes de nains et de lilliputiens, Belkacem l'homme-éléphant dont les dents immenses remontent comme des défenses sur ses lèvres charnues, un jeune homme à la pigmentation irrégulière nommé le garçon-léopard, la fillette à peau d'alligator, l'enfant-phoque, Mary Ann la femme la plus laide du monde dont les os du visage semblent vouloir percer sa peau, Pipo et Flipo les têtes d'épingle, les siamois Chang et Eng soudés par la hanche, accompagnés des deux sœurs qu'ils ont épousées et de leurs vingt et un enfants, et la sirène empaillée des îles Fidji qui, malgré son étonnante queue de poisson achevant un buste d'orang-outan et ses longs cheveux parsemés d'écailles de poisson, attire peu de visiteurs — sans doute en raison de son silence définitif et de son air buté.

Alors que le cirque assure une représentation par jour, dans les baraques le spectacle est permanent, sans commencement ni fin, toute la journée le public entre et sort dans ces fosses mystérieuses. Il se serre sur des bancs et admire, horrifié — bien plus encore que par un fauve dévorant son dompteur —, ces créatures sublimées par des éclairages à quinquets, des noués aux têtes énormes et aux membres courts et gonflés, des désossés et des disloqués, un vieillard qui fait rouler sa bosse du dos à la poitrine puis de la poitrine au dos, sa colonne vertébrale tournant sans gêne d'avant en arrière, ou l'homme-serpent moulé dans un maillot noir pailleté d'argent : il glisse au sol, souple et nerveux, fait le grand écart, renverse le buste, sa tête venant toucher en arrière l'articulation du genou tandis que sa main droite saisit une cheville, il tressaille, se contorsionne, son corps se tassant puis se dépliant, ses pieds maintenant ramenés sous sa tête, et d'un air menaçant de gargouille fixe une jeune femme dans l'assemblée, qui rougit et se détourne.

Entre deux représentations l'homme-serpent se retire pour fumer une cigarette derrière sa baraque et manger quelques graines, des fruits secs, un peu de poisson grillé. Je l'observe avec admiration ôter sa combinaison pour enfiler une chemise et un pantalon de grosse toile retenu par une cordelette à sa taille trop fine — son corps sec et longiligne perdu dans ces vêtements rustiques. Assis en tailleur, il inspire exagérément la fumée, expire en saccades. Je scrute son profil mat et effilé, ses cheveux gominés plaqués en arrière, sa fine moustache recourbée.

Je viens m'asseoir à ses côtés, ne suscitant aucune réaction, ni intérêt ni inquiétude ni surprise, à peine a-t-il tourné la tête vers moi. L'homme-serpent continue à fumer d'un air absent, un mètre nous sépare, nous regardons en silence dans la même direction, vers la ligne d'horizon légèrement floutée par la chaleur à cette heure de la journée, je me sens lourd, épais, encombrant, j'envie la grâce imberbe de cet homme, sa souplesse et son raffinement, son emprise légère à la surface de la terre quand chacun de mes pas imprime une trace grossière et profonde. Si je ne peux plus être homme je rêve d'être oiseau ou sauterelle.

Puis la bouche de l'homme-serpent s'ouvre — il regarde toujours droit devant lui, nos corps dissymétriques toujours parfaitement parallèles — et une voix lasse et fluide débite d'une seule traite, sans émotion, comme raconté mille fois, le récit d'une vie hors du commun : quelques heures après sa naissance, son père, un commerçant pourtant sans lien avec le monde des forains, commence à l'assouplir. Il ne sut jamais si cette décision avait été prise avec l'accord de sa mère qui les quitte quelques mois plus tard sans une explication et sans même une valise. Il ne sut jamais ce qui avait motivé le geste de son père, si ce n'est que la sage-femme qui l'avait expulsé s'était émerveillée de ce corps de poupon fin et délié, assez éloigné des canons du nouveau-né traditionnel.

Ainsi, chaque matin jusqu'à sa puberté, son père lui impose une heure d'exercices de torsion et d'étirement afin de modeler ce corps prédisposé à toutes les postures, à tous les nœuds, à toutes les arabesques. À quatorze ans il intègre une troupe de contorsionnistes, à trente ans il a fait plusieurs fois le tour du monde et aujourd'hui il ferait bien d'arrêter la cigarette, ses minuscules poumons d'enfant, atrophiés par l'écrasement quotidien que lui a infligé son père, filtrant de plus en plus difficilement le tabac. L'homme-serpent se vante également d'une chasteté absolue, garante de son talent et de ses performances, malgré de nombreuses sollicitations émanant de femmes et d'hommes à l'imagination fertile, avides de sensations inédites. Il considère que l'abstinence conserve son énergie autant que son indépendance, qu'elle est indispensable à son hygiène et à sa concentration. Il n'aimerait pas crever de la syphilis, espère mourir sur scène en se brisant la nuque à la fin d'un numéro particulièrement audacieux. Se considérant à juste titre comme un trésor, il a prévu de léguer son corps à la science. Et n'étant dépourvu ni de fantaisie ni de fatalisme, il a joué ce corps sur le tapis à l'occasion d'une partie de poker qui l'opposait à un médecin, et l'a perdu, l'a sans doute sciemment vendu. Ce médecin, désormais propriétaire du corps de l'homme-serpent, est chargé de l'autopsie et de la conservation du squelette, de sa postérité en somme. Dans cette perspective, l'homme-serpent se déplace toujours avec un luxueux coffre en peuplier tapissé de soie rouge destiné à recevoir sa dépouille pliée en trois. Sur cette boîte prête à être expédiée sont mentionnés le nom et l'adresse du médecin, les frais de port ont été réglés à l'avance, et un testament détaille les modalités de la transaction et en atteste la véracité. L'homme-serpent s'assure ainsi d'une renommée éternelle, scientifique et mondiale.

Il a fini sa cigarette, fumée jusqu'au filtre, se lève, se déplie plutôt, se débarrasse de son mégot d'une chiquenaude et me plante là. Il ne m'a pas regardé, me laisse bouffi d'envie, l'envie de partager les existences de ces monstres engendrés par la volonté des dieux, rejetons de leur colère ou de leur fantaisie, dépositaires du secret de la formation de l'univers et de l'apparition de la vie sur terre, incarnations vivantes des étoiles filantes, des comètes, des tremblements de terre et des éruptions volcaniques. Je veux en être car exilé comme eux, trouble comme eux, prodige et erreur de la nature comme eux. En moi quelque chose s'anime qui n'est ni la bête ni l'homme, quelque chose mute et se reforme, un effacement progressif de mon histoire, un nouveau bloc de temps et d'existence.

Messagers d'un monde invisible, les monstres m'attirent, m'aimantent, et je finis par délaisser les écuyères, les funambules et les voltigeuses pour aller divaguer du côté des baraques de foire, où se tiennent d'autres femmes merveilleuses, mes sœurs en abomination.

Car seules les femmes savent, seules les femmes ont vu l'homme et ont vu l'ours réunis sous la même peau, les femmes photosensibles, au regard affûté toujours en mouvement, aux yeux qui captent chaque parcelle tremblante de réalité. Octavia, Alphonsine et Madame Yucca ont vu. La femme-caoutchouc, la femme tatouée et la femme à barbe ont vu, encore plus loin.

Voilà ce qu'au cirque j'ai compris des femmes, qu'elles ne cherchent pas en moi la reconnaissance mais l'étrangeté, qu'elles n'exigent pas mon attention mais que je me dérobe, qu'elles ne désirent pas la clarté mais l'inquiétude, qu'elles ne veulent pas retrouver leur chemin mais errer, tâtonner. Elles me regardent et leur regard vient se poser au-delà de mon existence de poils et de graisse — pendant que les hommes aveugles ne traquent que leur reflet et notre parenté, pendant que les hommes manquent de rêverie et de sauvagerie.

Voilà ce que j'ai découvert, que les femmes ont depuis longtemps abdiqué tout savoir définitif, qu'elles connaissent le silence et la relégation, ce pourquoi elles me suivent, légères et intrépides, dans un monde obscur, et se délectent de ma simple présence. Leur bonté atténue ma peine et désormais je rends visite à chacune de ces femmes monstrueuses aux premières lueurs du jour, juste avant l'ouverture au public de la galerie des phénomènes. Dès le début, l'évidence de ma présence, qu'elle soit le signe d'une indifférence ou au contraire d'une empathie immédiate et absolue de tous, a fait de moi un être de plus fondu dans la foule. Savent-elles seulement combien leur pouvoir de séduction est grand, soupçonnent-elles mon désir de les rejoindre, ce qu'elles ont réveillé en moi de compréhension et d'instinct ?

Au petit matin, je passe une tête derrière les rideaux pendant qu'elles se préparent, elles me font un signe de la main, je ne m'attarde jamais. Ma tournée commence toujours avec la plus jeune, princesse Thérèse, et s'achève avec la plus âgée, Joice.

D'abord princesse Thérèse, délicate enfant de dix ans qui pourrait tenir dans le creux de ma patte. Quelques kilos de grâce, quelques dizaines de centimètres. C'est le bonimenteur lui-même qui la présente aux spectateurs, il la soulève comme une poupée de porcelaine, puis étend son bras autour duquel Thérèse exécute une série d'acrobaties comme autour d'une barre fixe. Thérèse, exagérément polie, d'humeur égale, toujours gaie et affable, me gratifie chaque matin d'une révérence assortie d'un compliment. Si je l'empoignais tendrement, vêtue de sa petite robe de mousseline rose bouffante, elle serait entre mes griffes comme un bouquet enveloppé dans du papier de soie.

Thérèse dispose d'un boudoir derrière la scène, elle y reçoit des spectateurs désireux de faire plus ample connaissance. Le bonimenteur les fait entrer contre quelques sous et Thérèse, posée sur un guéridon de marbre, demande alors : faut-il réaliser pour monsieur un équilibre sur les mains ? J'espère moi aussi être reçu et un soir, après la dernière représentation, le bonimenteur me fait signe de les rejoindre, Thérèse souhaite dîner en ma compagnie. Le boudoir est trop exigu pour m'accueillir alors nous sortons nous installer près d'un brasero, la nuit est douce. Le bonimenteur a hissé Thérèse sur un escabeau, elle me fait face, je suis trop impressionné pour avaler quoi que ce soit, je la regarde, penchée au-dessus de sa gamelle en fer-blanc, dépiauter une aile de poulet et trois fraises, puis boire à gorgées imperceptibles un demi-verre de vin de glace. Thérèse babille dans une langue que je ne comprends pas, composée d'intonations aiguës et piquantes, agréables à mon oreille, son odeur flotte jusqu'à moi quand elle secoue ses nattes blondes en riant : la princesse miniature sent la souris des champs et le lait caillé. Sa vue m'arrache des soupirs nostalgiques d'un temps que je ne sais pourtant pas identifier, d'un temps que je n'ai même pas connu.

Si les dresseurs nous surprenaient dans ce moment d'intimité, sans doute imagineraient-ils un nouveau numéro, la délicieuse Thérèse et la brute, l'infiniment petit et l'infiniment grand, et le risque qu'il y ait de la casse.

Après Thérèse je rends visite aux femmes désarticulées, tatouées, barbues, et j'achève ma promenade en rejoignant Joice, dont la réputation de plus vieille femme du monde attire de nombreux badauds. Joice qui m'est si proche, ma sœur, ma mère, ma fille — ses yeux impotents, couverts d'une pellicule jaune, avalés au fond de ses orbites, son visage parcheminé, labouré de sillons, ses doigts crochus aux articulations sédimentées, aux ongles recourbés comme des serres d'oiseau de proie, son épaisse chevelure grise qui recouvre tout le haut de son corps, ses jambes paralysées par l'arthrose et ce sourire flottant à la surface de sa bouche édentée. La regardant je me demande ce qui se dissimule à l'intérieur de ce corps décati, ce qu'abrite cette ruine, quel genre d'espèce vivante s'y est logée. Joice a cent soixante et un ans et pourrait tout aussi bien en avoir mille.

On fait entrer les visiteurs par groupes de cinq ou six dans une boîte noire faiblement éclairée à la bougie. Les yeux s'habituent à la pénombre puis distinguent, légèrement surélevé au centre de la pièce, un sofa de velours sur lequel est allongée Joice, momifiée. Elle fume la pipe, un tabac vanillé, tandis qu'on s'approche, qu'on fait le tour de l'estrade pour la détailler, l'évaluer. Un homme ose, lui caresse la main puis la saisit, alors on ne se gêne plus pour lui prendre le pouls et on finit par lui adresser la parole, stupéfié de constater que Joice est en vie, qu'elle entend parfaitement, qu'elle répond de bonne grâce à toutes les questions : je suis née sur les bords du fleuve Potomac, j'aime la purée de pois verts, je n'ai jamais eu d'enfant.

Quand Joice sent ma présence — je me cale dans le coin le plus obscur de la boîte —, elle pose sa pipe dans le cendrier et entame alors, à ma seule intention je le sais, un chant amer qui évoque la joie tout autant que la plainte, peut-être un cantique ou un psaume, et je me laisse bercer par la mélodie éraillée, par sa voix couverte de cendres. Joice et moi nous venons de la caverne, nos corps se confondent avec la roche, avec le bois, nous sommes des morceaux de forêt et de temps.

C'est ici que je voudrais me tenir, entre l'élégance de Thérèse et l'immémoriale Joice, et aussi auprès de Madame Yucca dont le corps monumental se dissout dans le mien. Je nous imagine fuguer ensemble, trois femmes et un ours, trouver asile dans une sapinière en hauteur ; mais Thérèse est si fragile, Joice impotente, et Madame Yucca aime trop la lumière des projecteurs.

Nous ne fuirons pas mais quelque chose a changé, c'est une évidence irrévocable, je ne reviendrai pas en arrière, si ma place est au cirque c'est auprès d'elles et non à la ménagerie, je n'ai rien à partager avec les singes et les chevaux qui ne sont que les représentants interchangeables de leur espèce, je veux être considéré pour ce que je suis, une aberration, une exception et un talisman, je veux qu'on me prenne au sérieux, c'est aux côtés des monstres que je dois me produire. Sur mes patins je ne suis rien, ni ours ni homme, un clown peut-être. Des poils épais et sombres ont recouvert mon histoire et j'ai maintenant l'air d'une bête, rien de plus et rien de moins qu'une bête, peut-être faudrait-il me tondre pour faire apparaître à nouveau cet épiderme rose, dégager les traits de mon visage. L'ourson métisse est mort et enterré, ma généalogie s'est perdue, personne n'a consigné le récit de ma vie, je ne dispose d'aucune preuve, je suis un clandestin jamais démasqué, à la légitimité usurpée. Seules les femmes pourraient plaider ma cause, parler aux hommes, mais c'est leur peau qu'elles doivent sauver avant celle de l'ours.

Je ne supporte plus de réintégrer ma cage chaque soir même si la porte reste ouverte, d'être assigné à la piste de cirque et aux numéros animaliers quand quelques mètres plus loin se trouve un monde familier prêt à m'accueillir, je ne veux plus être douché par les soigneurs et nourri de baies sauvages, je veux dîner avec Joice d'une côte de bœuf et fumer avec l'homme-serpent, je veux qu'on se mette à chuchoter quand j'approche, je veux rejoindre les bas-fonds, faire scandale et émerveiller.

Un jour, juste avant le spectacle, je ne rejoins pas la cage où le clown blanc vient habituellement me chercher pour entrer en piste, je reste terré dans la boîte noire de Joice, on finit par me retrouver après avoir improvisé une battue dans l'enceinte du campement, je suis frappé avec une perche hérissée de clous, enchaîné et pour la première fois enfermé : le peu de révolte dont je suis capable est immédiatement maté. Les hommes espèrent-ils que les bêtes tirent quelque leçon de la mise aux fers, imaginent-ils que la détention les fasse réfléchir et changer d'avis ?

Je ne veux plus travailler. Je ne veux plus amuser le public, patiner, saluer, je refuse désormais toute nourriture et tout soin, je me tiens prostré dans un coin de la cage, insensible aux vociférations et aux mauvais traitements. Quelques coups de patte menaçants dissuadent les dompteurs d'insister, je suis trop gros trop fort pour eux, je suis un animal sauvage aux instincts épidermiques, on m'épargnera car on ne détruit pas la marchandise mais je ne montrerai bientôt plus aucune disposition pour le divertissement et les hommes se débarrasseront à nouveau de moi — des ours il y en a tant d'autres.

Je les entends dire que c'est fini foutu, que je n'ai plus d'aptitudes ou peut-être plus envie mais qu'on me regrettera malgré tout, que l'acheteur se présentera bientôt, que le panda ne fait pas le poids, qu'il faudra consoler Madame Yucca — à qui je ne pourrai pas faire mes adieux, ni à elle ni à aucun autre, désormais encagé jour et nuit à guetter la venue du prochain homme, celui à qui on m'a promis, celui à qui je suis déjà vendu, cela ne finira donc jamais. Exilé une fois de plus, abandonné, ma communauté est perdue — femmes et monstres —, il faudra s'acclimater à une nouvelle existence et quel sort me réserve-t-on ? un destin certainement moins enviable qu'une vie contemplative dans la galerie des phénomènes.

Fatigué, irascible, je me frotte jusqu'au sang contre les barreaux, je tourne en rond dans ma cage, j'inquiète le soigneur — il faut vendre la peau de l'ours avant qu'il ne devienne complètement fou.

Alors un matin à l'aube, quand les rues sont encore désertes et respirables, on me mène à pied dans la ville, jusqu'à la gare. Sur le quai, la laisse qui entoure mon cou passe une fois encore de la main grasse et écorchée du dompteur à celle blanche aux ongles taillés d'un homme qui dégage une odeur de laine bouillie et tient dans son autre main une sacoche de cuir lustré contenant une enveloppe bouffie de billets de banque — il semblerait que je coûte un certain prix. La transaction a lieu, les deux hommes se saluent, le dompteur me gratifie d'un hochement auquel je réponds par un cri guttural étouffé, et puis c'est tout nous nous séparons.

Mon nouveau propriétaire, dont la respiration parfaitement régulière ne trahit aucun sentiment notable, ressemble à beaucoup d'hommes que j'ai croisés, costume sombre et teint pâle, je ne les distingue plus les uns des autres, seules quelques variations d'odeur ou de battements de cœur peuvent les singulariser — souffle court, poivre, après-rasage ou brillantine.

Maintenant tous les deux seuls sur ce quai en silence, j'imagine que nous attendons un train, l'homme regarde sa montre et tord le cou vers le bout des rails qui se perdent dans un virage. L'air est immobile et sec, la température déjà élevée, le ciel qui avait pâli avec le jour reprend des couleurs, bleu épais comme un enduit, j'hume les alentours, depuis combien de temps n'étais-je pas sorti de l'enceinte du cirque ? Quelque chose en moi ralentit et se dilate, une déflagration douce, soudain je respire mieux, poumons ouverts, je sens leur paroi alvéolée se coller à mes côtes, mon museau frémit, mes tympans se hérissent du babil d'un oiseau, tout mon corps se réveille d'un long engourdissement, pauvre corps domestiqué par les tours de piste, anesthésié par la répétition, sous la fourrure mes muscles se nervurent, se tendent sous l'afflux du sang, mes poils ternis chauffent au soleil, si le vent se levait il gonflerait d'orgueil mon pelage, je voudrais hurler à la lune et me frapper le torse, dévorer un essaim d'abeilles et plonger dans l'eau du torrent, je voudrais tout oublier et tendre l'oreille pour renaître, c'est l'appel de la forêt sur un quai de gare.

Alors pourquoi ne pas fuir ? Maintenant. Pourquoi ne pas se débarrasser de ce nouveau maître d'un coup de mâchoire fatal ? La peur, la résignation, l'incertitude ? Je n'ai nulle part où aller mais un ours ne devrait pas se soucier des destinations, seul l'espace lui importe. Pourtant je reste figé sur ce quai, plein comme une outre des parfums que déchargent les montagnes et les forêts qui nous entourent, la steppe et même l'océan au-delà, ivre d'air et de lumière, mais terrassé par une main invisible et imberbe, une main aux griffes amputées, une main sage et sans pitié. Incapable du moindre geste, de la moindre initiative, je n'imagine pas mon avenir, je ne vois rien, ne sais rien et il n'est plus temps car c'est maintenant une odeur de terre noire et âcre, de poussière brûlante qui vient jusqu'à moi tandis que j'entends au loin un crissement de métal et le souffle profond du train qui entre en gare.

On me fait monter dans le premier des dix wagons de ce train qui ne transporte que des bêtes déclassées, rachetées à des cirques pour être négociées à nouveau.

Un convoi d'animaux composé de deux voitures-cages réservées aux lions, de deux autres aménagées pour les éléphants, tandis que dans les six dernières, plates-formes couvertes de bâches plutôt que wagons, s'entassent pêle-mêle, enfermées dans des sabots, le reste des bêtes. Je suis enchaîné entre un zèbre de Grévy qui mourra de congestion pendant le voyage et une vingtaine de flamants roses comprimés dans une caisse trop étroite qui les oblige à caler leurs interminables pattes sous leur ventre, à replier leur cou entre leurs ailes. En compagnie de babouins, d'autruches et d'oiseaux aquatiques, je roule quatre jours et trois nuits, dans des conditions sans doute moins pénibles et dangereuses que celles que j'ai connues en mer — le roulis du train me berce et m'apaise alors que celui du bateau inverse le sens de mes organes —, mais dans une promiscuité tout aussi terrifiante, même cacophonie et même puanteur. À ce voyage également ne survivront pas de nombreuses bêtes, mortes de peur ou d'étouffement, suicidées peut-être.

À l'arrivée je ne sais pas si j'ai changé de pays mais c'est un air plus frais et humide, un autre paysage et toujours les mêmes hommes gris et chétifs : la gare est une immense verrière qui nous protège de la pluie. Au-delà s'étend une ville basse, de pierre et de tuiles noires, de zinc et de cheminées rouge brique. Une ville quadrillée de larges avenues encombrées d'une foule de véhicules et d'humains qui semblent produire d'autres sons et d'autres parfums que ceux que j'ai connus jusque-là, plus forts, plus graves mais plus subtils aussi, qui semblent se mouvoir de manière accélérée, poussés par une mécanique implacable. Et au-delà encore c'est un horizon plat que découpent des champs ocre et verts, cernés de haies, écrasés par un ciel pâle qui ne cesse de virer du bleu au gris, une végétation privée d'arbres et d'épaisseur, de chaleur et de relief, une nature que semblent avoir désertée les bêtes, à part peut-être quelques insectes, quelques nuisibles, ragondins et taupes, et des oiseaux décatis aux plumes courtes.

On nous débarque. Une nouvelle terre pour l'ours. J'ai l'impression d'être vieux de plusieurs siècles.

Des camions équipés de sirènes et de gyrophares hystériques nous transportent maintenant à vive allure, les caisses à claire-voie dans lesquelles on nous a chargés sont maintenues par d'épaisses sangles, ça crie dans toutes les langues animales, d'effroi et peut-être d'excitation, la route est lisse et droite, les soigneurs nous ont aspergés d'une fine brume avant d'embarquer et ont glissé dans nos gueules bavantes d'angoisse un morceau de viande cuite ou un fruit. Après un temps indéfinissable, nous sentons enfin le camion ralentir, tourner puis quitter la route pour emprunter un chemin plus accidenté, et enfin s'arrêter avec souplesse. Moteur coupé, animaux aphones sous le coup de la surprise, plongés dans l'obscurité : les bruits perçants de la ville se sont taris mais ce qui vient alors se déposer sur la surface vibratile de nos tympans ranime des mécaniques instinctives, prunelles ouvertes, crocs visibles, pelage et queue dressés, sabots qui cognent, c'est une partition familière faite de hululements et de rugissements, elle coule comme un sérum de vie, c'est un chant que nous reconnaissons, le chant des bêtes — dans quelle jungle quelle forêt ce camion nous a-t-il conduits ?

Ce sont maintenant des pas et des voix d'hommes qui se rapprochent. Les portes du camion sont déverrouillées, les caisses déchargées par une rampe, je suis l'un des derniers à sortir, extrait de ma boîte, de nouveau enchaîné mais au moins sur mes deux jambes, qui me portent difficilement après ce long voyage. Je descends la rampe avec précaution, appuyant fermement la plante de mes pieds contre le métal ajouré, mes yeux s'accommodent de la nuit, percent le noir pour distinguer quelques formes mouvantes, je sens une odeur forte de graines et de chair rance, et devant moi ni jungle ni forêt. Devant moi une immense affiche placardée en hauteur sur un panneau de bois — image de végétation luxuriante barrée de lettres rouges : « *À l'heure où la mode est aux voyages, mais à l'heure aussi où les voyages sont plus dispendieux que jamais, quoique plus rapides, sachez qu'en venant ici, vous avez fait une incroyable économie de temps et d'argent. Ce tour du monde vous coûterait une fortune et une absence de deux ans.* »

Un homme en blouse blanche pose une main sur mon épaule, me fait asseoir. De sa poche poitrine il extrait une fiole remplie d'une liqueur rouge et sucrée qu'il m'injecte au fond du gosier à l'aide d'une pipette. En quelques minutes tous mes muscles se détendent, mes tempes chauffent, je bascule sur le dos.

Après un temps noir et profond, j'ouvre les yeux ; je suis couché sur un sol de béton granuleux, plan incliné, encombré de branches et creusé d'une cavité remplie d'eau, juste assez large pour que je puisse m'y baigner. Roulant sur le côté, je découvre que cette esplanade de béton est en réalité un fossé surplombé d'un chemin circulaire sur lequel j'aperçois maintenant des visiteurs, femmes hommes et enfants semblables aux spectateurs du cirque. Ils se penchent pour me regarder, me héler. Je me dresse dans une posture de défi, le soleil m'éblouit, des enfants applaudissent, je tourne, trois cent soixante degrés sur moi-même, le paysage qui borne désormais mon regard est un décor de ciment, d'arbres morts, de grottes et de cavernes en mortier, de cailloux et de souches d'arbres, d'enrochements, un paysage sans odeur et sans couleur, fixe, insensible aux saisons et aux bêtes. Un paysage dur, qui écorche et abrase, un paysage froid qui a perdu la douceur de la piste, la chaleur de la paille qui tapissait ma cage, la souplesse de la terre herbeuse du campement.

J'ai pourtant rejoint la nature. Une nature reconstituée aux marges de la ville, un théâtre beaucoup plus vaste que la scène du cirque et qui réunit des centaines d'animaux, un immense plateau à ciel ouvert qui accueille une rotonde pour les girafes, des volières, un vivarium, une faisanderie, une fauverie, un rocher artificiel sur lequel évoluent une multitude de singes capturés sur tous les continents.

L'arrivée au zoo est brutale et cruelle, je ne reconnais ni la terre ni le ciel, projeté dans un monde végétal mensonger, abasourdi par la démesure et la folie des lieux. Ce que je vais découvrir et habiter est un simulacre composé de forêts de lianes peintes sur des bâches, de plans d'eau et de piscines dans lesquels divaguent des pingouins, de plates-formes et de belvédères, de jardin équatorial sous serre, de ruines archéologiques soutenues par des échafaudages, de banquise peinte à la chaux, de lumière artificielle, de souffleries d'air chaud et froid, sans doute le strict minimum pour exister physiquement, une fiction animale et un rêve humain. Voilà où nous sommes, dans un monde en petit et en toc, la terre étrécie aux dimensions d'un parc.

Je fais désormais partie d'une collection de bêtes, je suis l'ours, un des chapitres de cette encyclopédie qui réunit tous les animaux — ceux qui volent, sautent, rampent, courent, nagent, bondissent, plongent, ceux aux museaux allongés, courts, ronds, doux ou venimeux, ceux aux nageoires, aux piquants, aux crinières, aux queues, aux palmes, aux cornes, aux carapaces, aux trompes, aux duvets, aux becs, ceux qui chargent, griffent, lèchent, mordent, ceux aux robes, aux écailles, aux crins, aux plumes, aux cuirs, aux pelages noirs, bruns, améthyste, ocre, roses, grenat, tachetés, mouchetés, zébrés, les minuscules et les monstrueux, quelques grammes et plusieurs tonnes, échantillonnage de toutes les formes, toutes les matières et toutes les nuances, comme si tous les paysages peuplés de toutes les bêtes tenaient désormais dans le creux d'une main, la main d'un démiurge. J'ai rejoint cette communauté de déplacés, une colonie de rescapés sédentarisée à quelques mètres de la cité monochrome pour satisfaire la curiosité et l'appétit de ces bipèdes sans défense que sont les hommes, indigente espèce aux variations éteintes, aux capacités rabotées, aux teintes fanées.

Au fond de cette fosse, je sens la colère grandir, le ciel est si loin au-dessus de ma tête, inatteignable et perdu, je suis un animal sous cloche, visible mais expatrié, banni mais sous le regard de tous, il va falloir s'y faire, je m'y ferai, les animaux se font à presque tout, ils s'acclimatent et se modifient ou bien ils meurent.

Voilà donc ma nouvelle terre, sous la main des hommes une fois de plus, mais ici la cohabitation se révélera tout autre, je me découvrirai pièce de musée, objet pédagogique et scientifique, de divertissement et de conservation, chaque jour on viendra m'admirer et m'étudier, on me préservera, de ma propre existence sans doute. Ici on ne me demandera jamais de travailler mais de m'exposer — de bête de cirque je suis devenu animal de zoo, avec la même docilité.

J'ai intégré le secteur des ursidés qui rassemble un grand panda, deux ours à lunettes, une famille d'ours des cocotiers, un vieil ours lippu et quelques ours polaires. Comme je viens d'arriver et qu'on a certainement le projet d'étudier mes réactions, mes humeurs et mes habitudes, je suis placé seul dans cet enclos rocheux encaissé, une fosse aux ours agrémentée de troncs d'arbres sur lesquels me frotter le dos et laisser un peu de mon odeur, indice qui ne renseignera personne sur ma présence car nul être vivant ne s'aventure sur cette parcelle clôturée devenue mon territoire de poche.

Je n'imaginais pas connaître un jour un tel isolement et les premières nuits, abattu et sans perspectives, seul un rat aux pupilles rouges sut me divertir et me soutenir. Je m'accrochai désespérément à ce rat, à cette vie égarée sous mes yeux, à ce mouvement secret dans l'obscurité, à ce corps chaud, animé, dans lequel bat un organe, pulse du sang, je jetai toutes mes forces et tout mon espoir dans l'attente de cette bête rampante qui me reliait au dehors, signalait un ailleurs, et quand je le voyais explorer à la nuit tombée ce décor de montagne qui m'enfermait aussi sûrement que de hautes murailles, je pensais alors que nous étions deux, enfin deux, au moins deux.

Un rat miraculeux venu en contrebande des sous-sols de la ville, à la recherche de nourriture plutôt que d'amitié mais cela me suffisait, le dernier animal à pouvoir ici arpenter les lieux, le dernier que l'on aurait pu traquer en suivant la ligne de ses empreintes, les balises de son passage furtif. Il surgissait du caché et y retournait, il faisait irruption et fuyait aussitôt, il apparaissait et disparaissait avalé par l'espace noir de la nuit, il esquivait, évitait des obstacles invisibles, guettait des prédateurs absents, je le voyais passer précipitamment, dans un sens puis dans l'autre, insensible à ma présence, à mon parfum, à mes grognements et à mes coups de patte assassins — les rats que plus rien ne trouble car ils ont tout vu, tout connu, les déchetteries et les laboratoires, ils ont transmis la rage, proliféré dans les égouts, testé tous les vaccins et toutes les drogues, inhalé les pires vapeurs d'alcool et des milliers de cigarettes, arpenté des kilomètres de couloirs, de labyrinthes expérimentaux et de tunnels de bidonvilles, sombré dans l'apathie et l'hyperactivité. Les hommes leur auront tout fait et ce n'est pas un ours, son odeur violente dans l'écorce d'un tronc mort, qui va les impressionner. Au fond de cette fosse le rat est mon unique compagnon, mon avenir et mon maître. Ici le rat, libre et rusé, me domine, je ne lui fais pas peur, c'est moi qui ai besoin de lui, il est tout ce qui me reste.

Les soigneurs qui, pour me stimuler, dispersent dans ma fosse les traces odorantes de renne, de mouton ou de mulot pensent-ils me berner ? Imaginent-ils que je vais me mettre en quête de cet animal fictif et m'inventer chasseur ?

Un rat pour seul horizon. Ni dresseur ni femmes, seulement le soigneur le matin et les spectateurs au-dessus de ma tête qui ne me donnent aucun sentiment de vie. À quoi bon puisqu'il m'est interdit d'arpenter le zoo comme j'arpentais le vaste pré sur lequel le cirque s'était installé.

Désespérément seul alors que dès les premières heures j'attire un grand nombre de visiteurs, que mon arrivée au zoo est annoncée comme un événement, qu'on se bouscule à l'ouverture, qu'on se colle à la rambarde pour m'envisager de plus près, qu'on voudrait tant effleurer le pavillon duveteux de mon oreille, tâter cette fourrure appétissante, qu'on se penche sur moi au risque de basculer dans la fosse.

Je suis attendrissant, débonnaire mais néanmoins dangereux, indique le cartel vissé à la rambarde. On se porte donc à mon chevet, on commente à haute voix ma stature, ma couleur, la qualité de mes déplacements, on émet une série d'hypothèses et de suppositions hâtives sur mon tempérament, mes dispositions psychologiques et l'état de mes sentiments. On interprète mon regard, on suppose que ces yeux-là, ronds comme des myrtilles, noirs et brillants comme du pétrole, disent l'appétit, la cruauté, la sagesse, la perplexité, la peine ou l'innocence. Ils ne disent rien de définitif sinon que je vous vois.

Les journées sont saturées de bruit, le public du zoo ne fait pas preuve de la même discipline ni de la même déférence que celui du cirque, les hommes défilent en flux incessants et tapageurs, et je me tords parfois le cou pour répondre à leurs regards désinvoltes.

Je comprends vite que le succès d'un animal, sa valeur d'exhibition varient selon son taux d'activité, sa monstruosité ou sa drôlerie. Ce n'est ni la rareté, ni la beauté, ni même le prix d'un animal qui mobilise les foules — personne devant le rhinocéros qui a coûté une fortune, affluence devant un macaque au rabais. On aime les bêtes menaçantes, comme au cirque. Et si ce n'est leur férocité, c'est alors leur bizarrerie, leur sens du spectacle et du divertissement — à ce jeu-là le singe est toujours gagnant, l'orang-outan de Sumatra aux yeux dorés, au long pelage orange vif. Quand les visiteurs arrivent à ma hauteur ils sont encore pleins d'admiration pour le singe qu'ils viennent de quitter et racontent d'une voix animée comment il fait des nœuds avec sa corde, allume une cigarette, enduit ses doigts de déjections pour dessiner sur la vitre, se balance dans son hamac, râpe une mangue contre le sol pour en lécher la pulpe. Je les entends s'extasier sur le tigre mais rarement un mot gentil sur le lama ou l'okapi paresseux qui ne doit pas attirer grand monde — son apathie et son indifférence à l'égard de l'humanité tout entière découragent même les plus curieux, seuls quelques individus à la silhouette voûtée et au pas qui racle lui rendent peut-être une visite de courtoisie ou de pitié.

Certains imaginent sans doute que c'est une chance d'attirer un public nombreux mais l'affluence que je provoque ne me convient guère, leur agitation ne me divertit pas, même si je suis plus rompu que d'autres aux cris et aux gesticulations des hommes.

Ici je suis à découvert, enferré par les yeux du public, privé de tout lieu de repli, ils veulent me voir, l'exigent, je voudrais me glisser dans un coin obscur, disparaître, déguerpir, ils espèrent me rencontrer, ficher leurs pupilles étonnées dans les miennes, je voudrais perdre la vue.

Il arrive — de bonnes dispositions, une humeur moins sombre — que j'accepte de soutenir ces regards, que je consente à quelques échanges, hochements de tête et grognements, mais le plus souvent je me détourne et ils sont déçus, alors ils m'appellent, tentent d'attirer mon attention, de se faire remarquer, grimacent, sautent, s'agitent, cherchant à ranimer une vieille relation, aussi vieille que la première bête rampante sur terre, le premier insecte et le premier mollusque, mais au zoo rien ne peut arriver, les regards sont rarement rendus.

Certains se présentent les poches pleines de nourriture, en signe de paix et d'amitié, pour établir plus facilement le contact. Ils me balancent des morceaux de sucre et des bananes, voudraient m'apprendre à mendier et à remercier, voudraient m'apprendre la reconnaissance et la gratitude. Et plus je leur semble triste, plus ils me gavent. Les premières fois je me suis laissé faire, par désœuvrement et curiosité, avalant, un jour de forte affluence, des centaines de morceaux de pain et de biscuits, des dizaines de quartiers d'orange, dix-sept pommes et six glaces, des kilos de nourriture à me rendre malade, puis j'ai cessé de répondre aux attentes des adultes comme aux questions des enfants — pourquoi il bouge pas l'ours, il est mort, il est triste ? pourquoi il est poilu ? elle est où sa maman ? Mais parfois un visiteur frustré ou vexé perd patience, s'agace de mon indifférence, renonce à toute sympathie pour me considérer à nouveau comme un être inférieur que l'on peut tourmenter, dont on peut se moquer sans craindre de représailles, et de là-haut il me pisse dessus, me balance un morceau de pain truffé de lames de rasoir. Au milieu de la foule anonyme se dissimulent nombre d'hommes aigris, mécontents du monde dans lequel ils sont nés et qui tracassent les bêtes désarmées pour se soulager : ils réveillent les animaux assoupis, brûlent les ailes des oiseaux avec leur cigarette, crèvent les yeux des singes avec la pointe de leur parapluie — le zèbre est mort après avoir absorbé un mélange de phosphore, d'alcool et de tabac, l'autruche n'a pas survécu à l'ingestion de trois tubes de rouge à lèvres, d'un briquet à gaz et d'une serviette-éponge.

Il faut être sur ses gardes, toute réaction et toute défense sont impossibles. Ici les distances de sécurité préservent les hommes de nos attaques intempestives, les barrières attestent notre soumission définitive, ici plus de collaboration avec un dompteur téméraire, plus de terrain partagé sur lequel s'envisager, se jauger, plus de piste sableuse pour se tourner autour ; entre nous désormais ces fossés qu'on a remplis d'eau pour décourager le passage. Mais si on ouvrait les enclos, comblait les fossés, arrachait les clôtures électriques, ces hommes hilares qu'on a vus agresser leurs frères animaux fuiraient à toutes jambes, apeurés et honteux. Du fond de ma fosse je ne peux pas répondre à leurs provocations et à leur cruauté, encore moins me venger, j'espère seulement que les chimpanzés le font pour moi, crachent sur ceux qui les tourmentent, et que les éléphants les aspergent d'eau. Un peu de rébellion est toujours possible mais unir nos forces ne l'est pas, nous vivons séparés de nous-mêmes autant que des autres, dans une ignorance réciproque, astreints à nos espaces respectifs, cantonnés à nos bouts de continents, de savanes et de collines.

Dans cet isolement je vais cependant découvrir une faille, un passage vers l'extérieur, un tunnel autant qu'un fil tendu dans les airs, je vais découvrir que le monde étanche et retiré du zoo peut se révéler poreux. C'est à la faveur de l'obscurité que ce monde s'ouvre, que notre solitude se peuple, qu'un comité invisible donne de la voix, qu'ombres le jour nous retrouvons un peu de notre existence et de notre épaisseur la nuit, que l'appel de la forêt, entendu sur un quai avant de monter dans le train qui m'a conduit jusque-là, retentit à nouveau. Quand le soir est tombé et que tous ont déserté — portes closes, billetterie fermée, lampadaires éteints, gardiens couchés, lune haute et poussière dissipée —, le zoo frémit et s'anime, soudain traversé de galeries souterraines par lesquelles nous communiquons à grande vitesse, par lesquelles les messages filent comme à la surface d'un lac endormi. Nous nous délestons alors un peu de notre chagrin.

La première nuit ce fut un choc extraordinaire.

Il faut attendre le noir complet, infiltré dans chaque repli du ciel, il faut attendre les étoiles comme des signaux — la voie est libre : le silence nous saisit, épais, figé comme de la glace, un manteau de silence qui nous emprisonne aussi sûrement que la banquise, ce silence comme une profonde inspiration avant le cri. Il dure peut-être quelques secondes ou de longues minutes, le temps d'un saut dans le vide, c'est un silence qui chute autant qu'il s'élève, le silence de centaines de bêtes immobiles qui se sont tues et qui attendent leur heure, qui guettent une proie indétectable et inaccessible, privées de mouvement mais prêtes à bondir, c'est le silence d'avant l'attaque, d'avant la guerre, un silence dans lequel je tente de capturer un bruit aussi infime soit-il, un craquement, un frémissement, je tends l'oreille qui se gonfle de sang, mais rien à part le tam-tam de ma respiration, le claquement humide de ma langue contre mes babines, je n'entends que mon corps prêt à expulser son chant.

Il y a donc le noir et le silence, un monde suspendu avant que s'élève une clameur phénoménale, que d'un seul mouvement, dans une synchronie parfaite, nous nous manifestions les uns aux autres, basculant ensemble gueules ouvertes, poumons vidés, du lézard à la girafe, sans que rien ni personne ne semble avoir donné de signal de départ. Sur le silence rebondit maintenant, balle de caoutchouc contre un mur, écho contre une vallée, une multitude de voix et de vagissements, et la nuit s'emplit de cette musique : les animaux se parlent, l'air crépite de mille fréquences qui se fichent en moi comme des épines, je me résorbe dans cette obscurité sonore, j'oublie d'où je viens et la bête prolifère, elle occupe à cet instant tout mon être et c'est un soulagement. Quand le jour décline, nous reprenons enfin la main — la nuit n'est pas un temps mais un espace que nous emplissons de nos cris, nous sommes sa bande-son puissante, jamais aussi présents que fondus au noir, quand les hommes ne nous voient plus, quand nous nous dérobons enfin à leurs regards qui captent si mal nos existences.

Dressé sur mes pattes arrière, tête déjetée vers la lune, cou tendu, ma nuque roule, je gronde aussi fort que possible, je me frappe la poitrine pour augmenter mon grognement qui doit s'élever hors de cette fosse, s'échapper pour rejoindre la symphonie bestiale et s'y mêler, courir le long des allées. Au brouhaha de l'humanité puis au silence de mort succède maintenant un concert animal, écheveau sonore qui grossit, s'étend, ne cessera qu'au lever du jour, s'éteindra aussi subitement qu'il est né. Tous les chants de la nature s'entrelacent et se superposent, oiseaux, félins, reptiles et fauves unissent leurs voix palpitantes et chacun de leur souffle me parvient distinctement, je pourrais isoler chaque note de cette chorale qui me propulse dans des états de transe et de douleur.

Le ciel au-dessus du zoo est chargé d'ondes, de mon regard myope je tente de suivre la trajectoire erratique d'une chauve-souris dans cet air encombré d'accidents, de trous, de courants contraires et de virages en épingle qui l'obligent à de brusques changements de direction, elle navigue à vue, ballottée au gré de nos ritournelles.

Cette musique qui échappe aux hommes sera mon salut et longtemps chaque jour j'attendrai la nuit, avec l'espoir de plonger à nouveau dans cette jungle acoustique. Entendre le chameau qui blatère, le crissement infime des insectes et le gibbon dont le cri parcourt des kilomètres, entendre rugir, hurler et siffler du fond de ma crevasse, écouter la nuit sur laquelle vient se déposer la ponctuation légère de nos hululements, fugitive comme une pluie de graines. Nos messages distillés circulent dans toutes les directions, nul obstacle ne les entrave, nous nous appelons, nous nous défions, je réponds au chant d'infrasons de la girafe qui se propage comme un gaz inodore, elle me dit que la nuit est claire et qu'un rapace tourne au-dessus de son enclos, nos corps sont des sondes plongées dans un monde opaque, nous parlons notre langue secrète et si un homme, gardien ou visiteur, s'égarait à cet instant dans les allées du zoo, on le retrouverait à genoux, tête entre les mains, affolé par ces paroles insensées, cette explosion de fureur. Et si les yeux infrarouges des reptiles pivotaient dans sa direction, vers la proie à sang chaud qui darde ses rayons invisibles, si le cri strident du gecko donnait l'alerte, l'homme cette fois hurlerait de terreur, et plus fort encore s'il voyait, entendait, percevait ce que nous voyons, entendons, percevons, et qui n'est pas humain. S'il voyait ces centaines de regards phosphorescents déchirer l'obscurité, s'il entendait le bruit des fourmis creusant des tunnels, s'il percevait ce qui se passe dans les arbres et à ras du sol. S'il devinait tout ce que nous devinons — de minuscules présences —, s'il palpait ce que nous palpons — le temps qui virera bientôt à l'orage —, s'il flairait ce que nous flairons — l'odeur de la mort qui s'annonce —, s'il était traversé en continu de séquences sonores et de nuages d'odeur qui déforment et contaminent le monde tels des fantômes, l'homme serait mis à rude épreuve, jeté en pâture sur une scène ouverte à tous les vents. Si l'homme avait l'hypersensibilité du lynx, si ses oreilles étaient dotées de fins pinceaux qui captent les poussières les plus volatiles, si les plantes de ses pieds se couvraient de larges coussinets sur lesquels s'imprime le relief d'un grain de sable et d'une feuille morte, si sa barbe était plantée de vibrisses réceptives aux sources électriques, si l'homme était doué comme le lynx il serait pris de panique et finalement de folie.

Le jour se lève, l'arrivée des hommes annonce la fin de notre règne nocturne.

Nos gueules se sont tues avec le retour de la lumière, nous jouons maintenant de nouvelles partitions, conformes aux oreilles et aux attentes de nos maîtres, nous exprimons par des grognements simples et primaires la faim, la soif, le froid, ils nous imaginent heureux et en bonne santé, heureux de les retrouver, en bonne santé grâce à leurs soins. Bêtes de jour à nouveau, nous reprenons nos places, c'est l'heure de la visite quotidienne du vétérinaire, son odeur de vétiver m'indique sa présence bien avant qu'il ne descende jusqu'à moi, le rituel prend chaque matin la forme d'une succession de gestes mécaniques : prise de sang, thermomètre dans l'oreille, gouttes dans les yeux. Pour soigner les parasites, l'eczéma et les pelades il m'enduit d'une crème collante et âcre, je me laisse faire — laisser les hommes croire en leur puissance pour avoir la paix —, comme je laisse ensuite le soigneur dissimuler mes portions de nourriture aux quatre coins de la fosse pour m'occuper un peu, me stimuler, préserver en moi la forêt, quelle forêt ? Le pauvre, c'est en vain qu'il cache quelques pommes dans un carton et un morceau de viande en haut de l'arbre mort — il suffit de se dresser sur la pointe des pieds et de tendre la patte —, c'est en pure perte qu'il éparpille des croquettes sans saveur qui contiennent pourtant à l'état d'atomes un festin d'écorces et de racines, de sève et de champignons, d'oisillons et d'insectes, c'est sans mon assentiment qu'il tente parfois de me faire avaler des cochons d'Inde à peine décongelés, des paquets de tripes que je ne digère pas, de la viande cuite hachée pour me faire passer le goût du sang, émousser mes crocs, me purger de la brutalité de mes ancêtres. Je n'ai droit à rien de vivant mais je suis gavé comme une oie, pourtant je n'aspire qu'à l'ascèse du boa — dîner une fois par mois d'un lapin puis le digérer en somnolant les quatre semaines suivantes.

Si je connaissais encore l'envie, une telle existence m'en viderait, si je savais mettre à mort et dépecer un choucas, je ne saurais plus. Peu à peu mes réflexes s'éteignent, je ne suis plus que la commémoration de moi-même, un mutant sans force, un bientôt fou, comme cet écureuil égaré dans ma fosse qui racle en vain le ciment pour y cacher une noisette, qui finit les pattes en sang, écumant de sueur et de désespoir, à bout de nerfs. Perdant les arbres et la terre, l'écureuil a perdu la raison.

De ma fosse, si je lève les yeux vers l'ouest j'aperçois l'aigle royal sur son perchoir, devenu un poulet amorphe et terne qui ne sait plus voler — on a éjointé ses pattes pour qu'il ne s'échappe pas. De l'autre côté c'est un singe aux petites mains grises et parcheminées, baignant dans sa propre léthargie comme dans un liquide anesthésiant, recroquevillé et silencieux. Je le vois décliner en quelques mois, d'abord se bouffer la queue, bientôt réduite à un moignon, puis arracher un à un les poils de sa fourrure mitée, se balancer toute la journée comme un pendule, secoué de spasmes, absorber ses propres déjections, respirer de plus en plus bruyamment, grossir puis maigrir, s'atrophier, son squelette se désarticulant à force d'immobilité, dépérir sous des pluies, des cieux et des températures insensés, le singe des journées entières dans la prostration, et un matin on le retrouve mort, gisant sur le sol terreux de sa cage aux barreaux maculés de sang et de touffes de poils. Le singe n'ayant rien trouvé d'autre pour se supprimer avait dû s'y projeter de toutes ses forces, prenant l'élan ridicule que lui permet l'exiguïté de sa prison, s'y reprenant à plusieurs fois pour s'assommer, déjà presque inconscient, rate et colonne vertébrale éclatées. Combien de fois s'était-il jeté ainsi contre les barreaux avant que son cœur ne cesse de battre ? La rosée de sang qui cingle le sol, l'odeur métallique qui parvient à mes narines laissent imaginer un carnage.

Ce suicide provoque la stupeur des soigneurs qui décident de réagir, de prendre des initiatives, de nous redonner un peu de joie et de perspectives. C'est ainsi qu'un matin on décide précipitamment de me faire cohabiter avec quelques animaux. On les descend dans la fosse aux ours, comptant sur ma sociabilité et ma curiosité pour que l'entreprise réussisse : un olinguito, un paon et une tortue. Le paon tente de s'accoupler en vain avec la tortue, l'olinguito se noie dans le plan d'eau, je vole une plume au paon pour agrémenter ma fourrure, et l'indifférence finit par l'emporter, chacun vivant dans son coin. Nos langueurs, loin de s'annuler, se cumulent pour accuser la tristesse des lieux, l'isolement et la solitude continuent, la rencontre n'a pas lieu. Mais les soigneurs n'en restent pas là et tentent alors de stimuler mon ardeur reproductrice — moi qui ai renoncé à tout accouplement, étouffé tout désir, et qu'une malédiction a privé de toute possibilité d'engendrement.

Les hommes s'étant convaincus que la foudre, la pluie et la tempête encouragent la vitalité sexuelle des bêtes, on fait venir jusqu'à moi une belle ourse châtain puis on déchaîne un orage artificiel dans la fosse : roulements de tambour, tuyau d'arrosage, soufflerie, scie musicale, drap qui claque au vent, flashs lumineux, on ne lésine pas sur les moyens afin de créer l'illusion qui fonctionne fort bien sur le public convié à assister à l'événement — les spectateurs massés sous leurs parapluies encouragent les soigneurs à envoyer plus d'eau et les bêtes à se monter dessus —, mais nous laisse interloqués, sans réactions, je n'ai pas le cœur de faire semblant et l'ourse reste impassible, peu concernée par toute cette agitation. Décidément rien ne marche, les hommes se découragent et le zoo sombre à nouveau dans la torpeur.

Le temps passe et je m'affaiblis, tout espoir de sortir un jour d'ici s'éloigne et je m'assèche, la vie me ronge et la nostalgie lentement prolifère, s'incruste en moi, nostalgie du cirque, regret de la vie d'artiste. Au zoo le temps s'étire morne et répétitif, c'est une rouille acide.

Avoir échappé à la condamnation à mort, avoir arpenté des continents, traversé un océan, avoir montré l'étendue de mon talent, fait preuve de docilité et d'intelligence, m'être adapté à toutes les situations et toutes les géographies, avoir collaboré avec les hommes, travaillé à leurs côtés pour préserver ma vie, mon secret, pour ne pas finir une balle dans la tête, sur un billot, dans un fossé. Ne jamais avoir fui de peur d'être rattrapé puis abattu mais surtout faute d'une grotte où me réfugier, où me replier, où vivre une vie qui m'est étrangère. Être ours et homme, n'être ni ours ni homme, pourtant un jour avoir été comblé, avoir su où me tenir enfin — du côté des femmes et des monstres —, et avoir entrevu que l'amitié est un pays d'accueil. Puis finir captif dans un zoo, sans avenir si ce n'est d'être conservé le plus longtemps possible, soigné, regardé et seul au monde, coupé des bêtes comme des hommes, entre deux mondes, sans statut, relégué dans une zone blanche, une faille qui sépare la réalité en deux, humaine d'un côté animale de l'autre. N'être d'aucun monde, ni de celui-ci ni d'un autre, n'être d'aucun bord et attendre. Il me semble que l'espace n'existe plus, que seul subsiste le temps, une durée épaisse et collante comme de la mélasse. Et si l'espace est un drame parce qu'il a été aboli, le temps l'est parce qu'il ne connaît plus de bornes, s'étend à l'infini, aussi extensif que les lieux sont racornis. Ici nous vivons bien trop longtemps bien trop vieux, en pleine nature le pire est toujours certain et nous ne ferions pas long feu, les savanes et les brousses sont-elles peuplées de vieillards ? Ici nous vivons dégénérés plutôt que d'être éliminés. Ils me maintiennent vivant de peur que mon espèce ne s'éteigne mais je ne suis pas une espèce je suis une anomalie. Ils espèrent que mon patrimoine génétique qui a pourtant déjà muté gardera un peu de sa bestialité, dans l'espoir sans fond d'un retour aux arbres et aux lacs, mais comment leur dire que je ne les ai jamais quittés, qu'ils me sont aussi étrangers que le béton des villes ? Voilà leur hantise, leur cauchemar et leur crime : qu'un animal disparaisse et c'est la forêt tout entière qui périt, que l'ours disparaisse et ce sont des milliers de bêtes microscopiques logées dans les feuilles et l'humus qui meurent. Pourtant les bêtes ne sont faites ni pour vieillir ni pour survivre, survivre est l'affaire des hommes, le destin qu'ils se sont inventé. Voilà le malheur de la bête qui vieillit et se délite, rejoindre les hommes, comprendre avec eux que le temps est un présent qui n'en finit pas, alourdi par la perspective lointaine de la mort.

Combien de siècles me séparent du montreur d'ours ? Mes poils blanchissent, mes yeux se couvrent d'un voile laiteux, mes réflexes seront bientôt ralentis par une maladie dégénérescente, je finirai peut-être par mourir d'un cancer si je suis un homme car le plus souvent les hommes meurent d'une mort sans surprise, sans combat de chefs, piège de chasseur, prédateur. Sur un calendrier on pourrait cocher la date prévisible de mon décès. Au zoo plus rien ne peut arriver à part cette fin, l'espace est un point, le temps une ligne, et de ce plan sans coulisses, sans profondeur, sans dimensions, aucun événement je le sais ne surgira plus.

Je ne compte plus les hivers qui se succèdent mais celui-ci est rude, les visiteurs se font rares, les bêtes grelottent, recroquevillées sous de fines couvertures de végétaux morts, et les plus fragiles sont mises à l'abri dans des cabanes chauffées. Les soigneurs ont hésité à me rentrer, préoccupés par ma santé qu'ils jugent précaire ; je vois l'inquiétude dans leurs regards et leurs gestes précautionneux, dans leurs paroles atténuées.

Je suis fatigué, amer et diminué, mais ma fourrure qui a épaissi à la fin de l'été repousse encore les assauts du froid, pas un flocon ne la pénètre, pas un frisson n'effleure mes poils. Je passe mes journées assis contre le même tronc d'arbre et pour occuper ces longues heures je suce les feuilles mortes couvertes de givre, je laisse fondre sur ma langue la gelée désaltérante, au-dessus de moi le ciel est d'un bleu métallique, tout est calme, j'ai le sentiment d'être la dernière bête de ce zoo, la seule encore en vie, aucun cri animal ne vient entailler l'atmosphère, on n'entend, amplifiés par l'air cristallin, que la voix des gardiens au loin, des bruits de clés et de grilles qu'on referme.

C'est alors que levant la tête vers le soleil radieux des lendemains de neige je l'aperçois.

Silhouette droite, hiératique, collée à la rambarde, qu'elle a empoignée de ses deux mains gantées, son visage penché vers moi, de longs cheveux noirs qui s'échappent d'un bonnet, tombent comme une glycine. Elle porte un manteau gris cintré à la taille qui la contient entièrement, duquel ne dépasse qu'une paire de bottines à semelles épaisses. Immobile et silencieuse elle me regarde, me scrute d'un air impassible que vient parfois interrompre un sourire, une éclaircie furtive.

Je me dresse sur mes pattes arrière pour regarder dans sa direction puis retourne m'asseoir auprès de mon arbre, ce n'est qu'une visiteuse. Elle reste cependant, s'attarde, finit par disparaître mais revient le lendemain à la même heure matinale : à nouveau ce regard, ce silence, ce sourire intermittent, ce manteau et cette façon de prendre son temps. Et ainsi chaque jour, sans interruption, sans faillir, pendant des semaines — un étrange rituel dont le sens m'échappe.

Entre nous elle a institué le silence, pourtant c'est comme si elle venait m'écouter, écouter quoi, mon aphonie ? Cette femme m'intrigue, j'attends désormais sa venue, je me lève à son arrivée, je soutiens son regard de longues minutes, je réponds à son sourire par des clignements, elle tend l'oreille mais je me garde bien de grogner, d'expulser le moindre son si ce n'est ma respiration sourde et embuée que je ne sais pas maîtriser. Et je l'écoute à mon tour qui inspire et expire avec discrétion.

En réalité ce n'est pas la première fois qu'un visiteur me choisit, me désigne comme son animal favori et vient me voir régulièrement, m'observer avec un air troublé et implorant, en quête d'un peu de réconfort et de familiarité — souvent ils s'approchent respectueusement de la fosse et disent voilà c'est mon animal, je suis leur animal. Ils espèrent peut-être une réconciliation, cherchent tout ce qui nous rapproche ou au contraire tout ce qui nous différencie. Ils se demandent ce qu'ils ont gagné en s'éloignant de l'ours, du singe, ou au contraire ce qu'ils ont perdu, un monde d'agilité peut-être. Certains veulent expier leurs péchés, la misère faite aux bêtes — j'ai connu un jeune garçon qui venait chaque dimanche se prosterner devant moi —, ils identifient leur mauvaise conscience à ma souffrance, ils communient pleins d'empathie et de remords. Il y en a qui voudraient franchir la rambarde et me rejoindre, arracher un fragment de mon existence pour le ramener dans la chaleur de leur foyer, isoler une de mes sensations dans le creux de leur main ou sur leur langue pour imaginer à quoi ressemble le monde vécu par d'autres.

Un jour apparemment anodin la femme est là, mais cette fois parle, sans raison a décidé de parler, est venue comme d'habitude et ouvre la bouche.

Je me lève pour l'écouter, elle s'exprime longuement, d'une traite, sans reprendre son souffle, un monologue pressé et fervent, elle dit — et c'est une déflagration : je m'appelle Esther j'ai cinquante ans je suis légèrement myope mais j'ai l'oreille absolue, j'aime le vin et le goût de la viande rouge, que te dire pour me présenter si ce n'est que j'ai les pieds plats des cheveux fins un nez busqué, je boite un peu à cause d'une maladie infantile mal soignée, sinon je travaille dans une imprimerie à l'atelier de typographie et je vis dans une petite maison blanche au bout d'une impasse avec un homme un peu plus jeune que moi qui est ébéniste, on s'aime et on aime notre vie, je suis plutôt d'un naturel inquiet mais curieux aussi, et je me demande ce que cela fait d'être un ours je voudrais savoir, il me semble que les animaux surtout les ours les singes et les autruches me narguent me provoquent, mais je vous ai toujours regardés comme des êtres merveilleux et j'envie ces femmes qui ont vécu en pleine nature avec des bêtes, qui ont adopté leur langage leur mode de vie et leurs codes, je sais bien que certaines en sont mortes dévorées par leurs compagnons mais d'autres ont réussi ont partagé. Je me demande ce que ça fait de faire la bête. Tu vois, je suis un peu fatiguée on se fatigue à force, et je voudrais disparaître devenir une petite pelote bien serrée dense et parfaitement ronde, j'aspire à un peu de repos et de légèreté, à quoi ressemblent le vent et l'eau quand on fait la bête, quel est le goût du fruit quand on fait la bête, qu'est-ce qu'une blessure et qu'est-ce que la peur quand on se contente de faire la bête, c'est quoi avoir froid et avoir chaud? Mon mari m'a demandé pourquoi l'ours et pas la cigogne l'oiseau des îles la girafe la marmotte le singe ou la loutre, je n'ai pas su tout de suite quoi répondre et puis j'ai pensé que je t'avais choisi par élimination, le singe est trop proche et les autres animaux sont trop lointains, toi tu es à la bonne distance, et puis tu es beau tu te tiens debout tu n'as jamais froid et je suis très frileuse, d'ailleurs regarde les feuilles ont jauni depuis longtemps sont même tombées ont été balayées, à cette époque de l'année tu devrais hiberner tu devrais être retranché dans une grotte à attendre le printemps, mon mari m'a répondu que souvent les hommes veulent échapper à leur condition mais qu'ils choisissent alors d'être un oiseau, que les hommes qui veulent être autre chose que ce qu'ils sont veulent voler, certainement pas se métamorphoser en ours pataud et lourd, mais moi je voudrais qu'on me greffe ta redoutable mâchoire, avoir un corps solennel de plusieurs tonnes et courir vite, me baigner sous une cascade grimper aux arbres, être une créature parmi les créatures. Toi l'ours tu es tout ce que nous avons abandonné, tu es notre parent perdu dans les plis des siècles, nous ne sommes que ta version détériorée et ton ultime descendance, tu es une preuve la preuve que nous sommes nés du bois de l'eau des lacs et du lichen, vous les bêtes vous avez ouvert la voie amorcé la pompe à vie, de vos culs et de vos gosiers est sortie la boue sur laquelle nous avons prospéré, quelle folie d'avoir été engendrée par de telles créatures.

Je l'écoute abasourdi sans rien dire, sans bouger, mais elle sait que je l'écoute. Elle ajoute : maintenant je vais descendre te voir de plus près d'accord ?

Et alors qu'il est encore tôt, que le zoo est désert, hors de la vue des gardiens elle enjambe la rambarde, se place dos à moi, son corps plaqué contre la paroi rocheuse, se laisse glisser, freine sa chute en s'agrippant aux branches fichées dans le mur. Elle s'écorche les mains, les genoux, déchire le bas de son manteau et atterrit dans la fosse, à quatre pattes. Elle se redresse, pivote et me fait maintenant face, je dois avoir l'air immense vu d'ici. Une dizaine de mètres nous séparent, je tends une patte vers elle en signe de sympathie, je pousse un grognement qui sort bizarrement de ma gueule comme un croassement, je ne reconnais pas ma voix, je suis troublé, je suis heureux de revoir une femme d'aussi près, je repense à Madame Yucca, à Joice, je respire son odeur de lilas et de graillon, les effluves de sueur que lui a coûtés sa descente périlleuse dans la fosse.

Elle s'avance maintenant avec précaution en répétant ours ours ours d'une voix basse, pleine de compassion, c'est comme une prière, ses deux bras tendus vers moi. Un pas après l'autre, elle suspend sa progression, guette à chaque instant ma réaction. Je me suis assis, me suis laissé tomber comme un gros sac velu, mon regard sans tain rivé sur l'inconnue du zoo, j'espère l'impressionner, la toucher.

Deux mètres entre nous désormais, moi assis elle debout, nous faisons ainsi sensiblement la même taille au fond de ce trou et rien ne vient perturber ce moment, ni gardien ni visiteur ni bruit ni vent, elle ânonne encore ours ours ours, elle ne dit plus rien d'autre. On s'envisage, on s'épie, on se renifle à distance, je la sens confuse, son cœur qui s'emballe et le mien qui enfle, tendu prêt à éclater, je vois une larme se former sur le bord inférieur de sa paupière — une larme, l'impassibilité et le silence, ce qui peut arriver de mieux entre une femme et un ours.

Cela dure ainsi peut-être une heure, elle toujours debout moi toujours assis, un temps immense ponctué de minuscules événements — sa toux, ses battements de cils, un souffle d'air qui parcourt en onde ma fourrure et soulève une mèche de ses cheveux, des frissons sur sa peau, l'électricité statique dans mes poils, elle se gratte le bras la nuque, je lève le museau vers le ciel puis reviens sur elle, j'expire fort elle inspire mon odeur humide, rance et pimentée, l'odeur de la bête passée au filtre de la captivité, elle tente de fixer sa respiration sur la mienne, à la fois haletante et hésitante, elle épouse mon souffle chaud et liquide, s'ajuste sur mon rythme saccadé comme on prendrait la mesure d'un refrain, communiant dans la respiration du même air, une mélodie cardiaque partagée. Elle ne viendra pas s'enrouler dans mes bras comme le faisait Madame Yucca, elle tente seulement de se caler sur moi, entendre sentir, attendre capter.

Elle parle à nouveau, me dit que ça y est toute fatigue commence à quitter son corps, une décélération progressive de son être, que des fourmis lui montent dans les mains, que ses pieds s'engourdissent, que sa tête se vide jusqu'à la dernière goutte comme une poche percée, qu'elle se sent enfin amputée d'elle-même, prête à abandonner sa vie d'avant, qu'elle se sent fondre, disséminée dans la roche, dans ma chaleur comme si j'étais un grand feu de camp et de joie, qu'elle se sent parfaitement bien, un mélange d'altitude de haute mer de sexe de vin de parfum de fougère de plage de bain de boue d'apesanteur de grand vent et de drogue. Elle me dit tout cela puis s'ébroue, s'arrache à sa torpeur et d'un pas décidé rejoint le mur qu'elle escalade jusqu'à la plate-forme, sans même se retourner. Les effets hypnotiques de notre rencontre se sont dissipés. Je reste un instant sous le choc, avant qu'une grande lassitude ne m'envahisse. Je me laisse tomber, songeant dans un demi-sommeil que l'intrusion des femmes dans mon existence est toujours une annonce, me rappelant leur indulgence mais aussi qu'elles ne peuvent rien pour moi si ce n'est leur alliance clandestine.

Quand elle revient, cette fois seulement deux semaines plus tard, il y a chez la femme quelque chose de modifié que je décèle immédiatement sans pouvoir le nommer avec précision. Ce ne sont ni ses gestes ni ses vêtements, c'est plutôt une forme d'assurance désinvolte ou d'excitation retenue.

Ce jour-là, contrairement à ses habitudes, elle est venue tard, juste avant la fermeture, a dû échapper à la ronde des gardiens en se couchant dans une des profondes tranchées qui séparent les animaux du public, a dû attendre que s'élève la mélodie nocturne des bêtes, enchantée et paralysée de longues minutes, a attendu que la lune soit bien haute, que la rumeur de la ville se soit tue, que les faisceaux des lampes torches aient disparu, que le froid la saisisse. Elle a rampé avec précaution hors de la tranchée et rejoint la fosse aux ours cassée en deux, à hauteur de félin. À nouveau elle descend le long de la paroi et c'est sur mes quatre pattes que je l'attends ce soir-là, mes yeux phosphorescents dans l'obscurité, deux billes d'uranium braquées sur elle.

Ours ours ours, à nouveau l'incantation, elle se laisse tomber sur les genoux comme pour s'abîmer dans la prière, je me redresse, m'approche, soignant ma démarche chaloupée, elle ferme les yeux, baisse la tête, je me place à nouveau sur quatre pattes, de mon museau je viens fouiller sa chevelure sombre pour humer son odeur : shampoing à la vanille, suave et artificielle, crème aux algues, effluves de mouton, transpiration évaporée, haleine fumée, émanations de moisissure et de sperme séché, fumet marin et de cave, traces aigres.

Je lèche maintenant les cheveux de la femme, qui se collent par poignées sur ma muqueuse rêche, elle ne bronche pas, n'a pas peur, n'attendait que ça. Je sens ma langue élastique et musclée exercer sur sa tête une poussée formidable, elle manque plusieurs fois de perdre l'équilibre — d'un coup bien appuyé de cette langue je pourrais la décapiter. Une salive épaisse coule de ma gueule et sur le visage de la femme qui à son tour lèche, avale chaque goutte amère qui vient s'échouer à la commissure de ses lèvres; secouée d'un hoquet elle prend sur elle pour ne pas vomir, j'imagine dans sa bouche humaine un goût de terreau et d'urine.

Sous ma langue cette femme est une bête délicate — ses cheveux fins et noirs, sa silhouette longiligne et haute, son nez busqué, peut-être une grue cendrée ou un cariama huppé, un échassier certainement, pourtant c'est moi qu'elle a choisi, l'animal sans grâce, l'ours épais et massif. Je m'abandonne à cette douce certitude d'être l'élu, je retrouve un peu d'espoir, un sentiment de plénitude monte en moi — joie aussitôt interrompue par un cri strident qui me sort brutalement de l'ivresse, me ramène à la conscience douloureuse et aveuglante de la situation, c'est la longue plainte aiguë du rhinocéros qui taillade la nuit, je me retire, d'un tel bond que le plancher rocheux vibre, je comprends soudain mon audace, l'outrance de mon geste, j'ai léché, j'ai osé flairer cette femme, je me suis approché bien trop près et la violence du remords me lacère le cœur.

Je me recule de plusieurs mètres, tête basse, coupable, ma grosse tête plate sur laquelle je voudrais pourtant qu'elle dépose sa main, je m'ébroue, je grommelle pour qu'elle m'excuse ou qu'elle fuit ou qu'elle oublie, je fais plusieurs tours sur moi-même, je voudrais qu'elle parte, je me couche sur le flanc pour la décourager.

Mais la femme s'est redressée, dans l'obscurité nous ne sommes plus que des ombres, des masses noires qui déplacent l'air. Elle s'approche, ours ours ours, tu me reconnais ? Elle s'assoit en tailleur à mes côtés, pose le dos de sa main entre mes deux oreilles, sa main si blanche sur mon pelage si sombre, puis, malgré le froid qui perfore, ôte manteau et veste, remonte une manche de sa chemise jusqu'au coude et fait pivoter son bras sous mon œil de manière à me présenter sa face interne, sa peau crayeuse veinée de bleu. De son autre main elle sort de la poche arrière de son pantalon une petite lampe torche qu'elle allume et braque sur son avant-bras, créant un orifice de lumière jaune et tremblée dans les ténèbres du zoo. Regarde.

À équidistance de la saignée du coude et de la base de la paume, une image apparaît, brûlure pigmentée, portrait flottant, un camée de la taille d'une grosse médaille : mon visage, le visage de l'ours, tatoué. J'approche mon museau, je viens coller mes yeux sur cette apparition tandis que la femme éclaire le dessin de plus près.

C'est un tatouage à l'encre brune, aux teintes délicates, aux traits fins et sans hésitation, ma face si bien dessinée, si bien transférée qu'il semble que ce bras est un miroir. Regarde.

Et regardant mieux je distingue cette tête ambiguë, celle d'une bête velue aux oreilles rondes et touffues, au visage cerclé d'un duvet sombre comme une auréole de poils, ma peau d'ours qui se confond avec celle, précieuse et pâle, de la femme, imprimée d'un sceau profane qui garantit l'authenticité du lien qui nous unit.

Aucune femme du cirque n'a jamais fait cela pour moi.

Ces femmes pourtant couvertes de tatouages, imprimées comme des romans, archivant à même le corps leur vie de foraine et d'aventure, les accidents de trapèze et les morsures de félins, les amants et les pays traversés. J'aurais dû y figurer, occuper une parcelle de leur peau, un morceau de cheville, de cou, le bas du dos, on aurait pu me trouver une petite place. Ces femmes que j'ai tant aimées, tellement admirées. Voilà que je leur en veux, à elles plus qu'aux dompteurs, aux gardiens, aux soigneurs, moi qui n'en veux plus aux hommes depuis si longtemps, mon ressentiment dissous par le temps et les épreuves et qui aujourd'hui à la vue de ce tatouage resurgit comme un démon. C'est comme une aigreur rétrospective, envahissante, c'est comme la fin d'une illusion, c'est la présence de cette femme interdite dans ma fosse, c'est aussi le désir, une fulgurance qui cingle mon bas-ventre, une douleur intense et soudaine, sans signes avant-coureurs, beaucoup trop grande pour moi alors que toute douleur m'a été supportable jusque-là, insignifiante même, mais cette fois la souffrance déborde, excessive, c'est l'excès de vie, la présence contaminante de la vie, un élan, un retour, réveil sexuel immédiat et suffocant, contemporain et jumeau de la colère, engendré par elle — toute l'histoire qui se rappelle à moi. Je panique, je me dresse sur quatre pattes puis sur deux, je rugis aussi fort que possible, à m'en ouvrir la trachée, je bondis à l'autre bout de la fosse, le plus loin possible de cette femme restée à terre, maintenant épouvantée et incrédule.

Combien de temps a passé ? Nous sommes l'un et l'autre prostrés, le silence, le froid et l'obscurité ont durci sur nos peaux, la femme transie n'ose plus un mouvement, je respire bruyamment, accablé, défait, je tente de me calmer, de faire décélérer mon ardeur, de vider mon sexe de tout afflux sanguin et mon nez de tout parfum humain.

Elle chuchote ours ours ours d'une voix si faible désormais qu'on la confond avec les pas d'une mésange, mais je reste sans réaction, comme mort, je veux la dissuader, je veux qu'elle renonce, qu'elle me laisse.

Le ciel bleuit, un passeri commence à chanter, le premier gardien arrivera bientôt, puis les soigneurs, les jardiniers, les vétérinaires, l'entreprise de ramassage du purin, le livreur de fruits, les visiteurs, il faut qu'elle parte. J'ouvre un œil, la regarde en coin. Avec précaution, décomposant chacun de ses mouvements, dépliant son corps, dégrippant ses articulations une par une, je la vois qui se redresse, baisse la manche de sa chemise, enfile veste et manteau avec prudence, se glisse jusqu'à la paroi, escalade une dernière fois, se blessant la jambe alors que ses pieds ne cessent de se dérober dans l'ascension. Enfin elle disparaît de ma vue, le jour est levé, du fond de mon trou je lève douloureusement la tête vers le ciel d'un bleu acide maintenant, une brise glacée vient s'enrouler dans la fosse, un air neuf qui efface les dernières traces de la nuit.

Alors la fatigue à nouveau me cloue au sol, je roule sur le dos, ma fourrure aimante le béton, j'inspire mais mon souffle est sans force, mon cœur tailladé par une décharge, ma vision s'étrécit, se pique de points lumineux, puis une langueur profonde, irréversible, contamine chaque parcelle de mon corps, c'est une chute noire, feutrée et silencieuse, une atonie progressive de tous mes organes, le paysage autour s'étire et se couvre de givre, tout se dilate et ralentit, les sons meurent avant d'avoir atteint mes tympans qui frémissent à peine, mon corps pèse au fond de la fosse, l'obscurité me recouvre, je m'endors, je m'effrite, cette fois j'abandonne.

ÉPILOGUE

La femme ne reviendra jamais, l'ours se laisse mourir.

Déjouant toutes les tentatives des vétérinaires pour le maintenir en vie — agneaux fraîchement écorchés, antibiotiques, saignées, électrochocs, alimentation hyper protéinée, respiration artificielle —, contredisant tous les diagnostics — encéphalite, fièvre aphteuse, parasitose foudroyante et même dépression —, l'ours décline rapidement, désormais insensible à toute stimulation, à tout ce qui maintient de ce côté-ci de l'existence, nourriture, climat, horizon. Roulé en boule à l'extrémité de la fosse, monticule velu à peine soulevé par une respiration souterraine, un léger frissonnement des poils, mouvement minuscule du corps dont on ne sait dire, dans les dernières heures de la vie de l'animal, s'il est provoqué par un souffle qui se tarit ou par le vent d'hiver qui s'engouffre dans les allées.

C'est un être affaibli qui a beaucoup voyagé et connu plusieurs siècles, une naissance perdue qui n'a plus d'importance, un savoir immense dans un corps inouï, ce sont deux vies en une, c'est l'ours qui s'éteint, il n'y a plus rien à faire, on se résigne, il a fait son temps, c'est ce que se disent les soigneurs.

Au zoo on redoute les morts d'animaux mais quand survient un décès le biologiste et le peintre accourent, réclament la dépouille au nom de la science ou de l'art. L'artiste, souvent un éminent coloriste, plante son chevalet, sort ses gouaches, arme son pinceau d'un geste grandiloquent, ajuste son béret et se tient prêt à immortaliser l'animal, à magnifier sa fourrure brune aux reflets moirés, tandis que le scientifique chausse ses lunettes, enfile des gants de latex poudré, plisse le front, sort un scalpel de la poche poitrine de sa blouse et ouvre l'abdomen de l'animal afin d'en savoir un peu plus sur le système digestif des plantigrades ; puis un taxidermiste empaille la bête dans une posture à la mesure de sa dignité : par exemple, si la bestiole n'est pas trop imposante, présentée sur une branche d'eucalyptus, cou tendu vers le ciel, regard flottant.

Il arrive que l'artiste et le scientifique se fassent doubler par un boucher qui achète les trophées à prix d'or afin de les proposer comme viande d'exception à ses clients les plus fortunés ou aux grands restaurants de la capitale : une trompe écorchée, des rognons de chameaux et du steak de zèbre trônent dans sa vitrine. Aux meilleures tables il livre du gigot d'antilope et de quoi proposer à la carte du phoque à la crapaudine, une terrine de kangourou aux truffes, des pieds d'éléphant braisés aux oignons blancs accompagnés d'une purée de haricots rouges.

Mais l'ours échappe au boucher, sa viande racornie par l'âge et la tristesse n'est pas convoitée et, comme il est d'usage, après la constatation officielle du décès par les autorités sanitaires, le défunt est livré à la dissection, offert aux microscopes des scientifiques qui, penchés sur un carrelage blanc aseptisé, à la lumière d'un néon au halo si violent qu'il traverse les chairs, forent et grattent le cadavre comme un chantier de fouilles, à la recherche d'une vie encodée qu'il s'agit de révéler.

Le corps de l'ours est transporté dans une bâche jusqu'à la paillasse du laboratoire, acheminé par six hommes forts qui souhaitent rendre un dernier hommage à l'animal. Ils traversent le zoo désert à l'aube, passent par chaque secteur, amphibiens, félins, rapaces, singes, avant de gagner la sortie. Les bêtes se pressent aux barrières, aux enclos, aux vitres pour saluer une dernière fois leur camarade, sentir l'odeur de la mort, pousser des hululements de détresse et de compassion.

L'autopsie suscite l'intérêt du corps médical, le sujet ayant témoigné tout au long de sa captivité de dispositions rares — anticipation des stimulus, capacité de refus et autonomie comportementale, qualités auxquelles s'ajoute le témoignage d'un soigneur, troublé par le souvenir du regard noir de l'animal et encore davantage par celui de ses cris, dont les intonations sifflantes, les notes aiguës et les syllabes longues différaient de l'expression commune des membres de son espèce et semblaient même parfois former des phrases.

Le premier élément détaché à la dissection est l'os pénien de quinze centimètres — soit la moitié de la longueur des pieds de l'ours —, qui est conservé dans un bocal, de même que la rate et la langue sur laquelle on prélève au racloir neuf substances médicamenteuses destinées à soigner des pathologies bactériennes affectant le système digestif ; après mise aux enchères, les éprouvettes sont expédiées à un laboratoire pharmaceutique qui a proposé de régler en liquide. Puis on extrait la vésicule biliaire pour l'envoyer à l'étranger : réduite en poudre, elle entre dans la composition d'aphrodisiaques que certaines médecines traditionnelles prescrivent aux vieux garçons des campagnes, aux jeunes mariées et aux couples usés.

Les premières lignes du rapport d'autopsie mentionnent une arthrose des vertèbres thoraciques, des dents usées, une cataracte de l'œil gauche, une boîte osseuse comprimée et allongée, des os maxillaires et nasaux.

Enfin, comme le veut la tradition, les biologistes terminent leur exploration de l'ours par l'ouverture du cerveau : après avoir évalué la belle texture gélatineuse du cortex cérébral — blanc dehors, rose dedans —, relevé un bulbe olfactif bien développé, constaté un lobe occipital réduit, un lobe pariétal équilibré et un hypothalamus normal, ils découvrent avec étonnement un lobe frontal particulièrement large, bien plus volumineux que la moyenne des ursidés. Cette particularité fait l'objet d'un paragraphe dans le procès-verbal de dissection ; les scientifiques émettent quelques hypothèses, jugées hasardeuses par la suite, afin d'expliquer le développement inhabituel de cette région du cerveau intervenant dans la planification, le langage et le mouvement volontaire : dérèglement hormonal, injections de vaccins inappropriés, choc empathique.

Par ailleurs, un vétérinaire chargé de la découpe et de la conservation du pelage relève que les poils de garde de la bête sont anormalement doux et fins bien que fournis, tandis que les sous-poils laissent apparaître par endroits des auréoles de cuir dépigmenté — constat assorti d'une suspicion d'hybridation génétique ou d'interfécondité inédite entre espèces. Après avoir suscité la moquerie de ses confrères, l'observation du vétérinaire est finalement transcrite dans une note de bas de page, puis tous s'accordent pour signer le rapport d'autopsie, qui est tamponné, relié, archivé.

Quelques semaines après, quand des doutes sur l'origine de l'ours s'expriment enfin à voix haute, quand la communauté scientifique se réveille de son sommeil dogmatique et qu'on se demande si on a bien pris le temps d'examiner les moindres plis des entrailles de la bête, il est déjà trop tard et tout est perdu — l'animal est en morceaux, son corps éparpillé, débité en quartiers de viande, disséminé sur plusieurs continents, réduit en poudre ou noyé dans le formol, à jamais indéchiffrable.

Composition PCA/CMB Graphic
Achevé d'imprimer
par Normandie Roto Impression s.a.s.
61250 Lonrai
Dépôt légal : juin 2014
Numéro d'imprimeur : 1402383
ISBN 978-2-07-014643-7
Imprimé en France

269887